CONTES IMPROBABLES

Jean-Claude FAVRIT

CONTES IMPROBABLES

Et si les choses, un jour,
n'avaient pas été ce
qu'elles sont

LE RÉFÉRENDUM

Depuis trois mois on en parlait. La télévision avait bousculé ses programmes pour en exposer la portée, ainsi que les conséquences qui, pour le pays, seraient considérables. Selon la réponse qui y serait donnée, rien ne serait plus jamais comme avant ou, au contraire, tout resterait inchangé dès lors pour longtemps.

Dans son petit agenda façon lézard sans lequel, disait-elle, elle était perdue, Arielle l'avait noté dès le premier jour. Hubert y avait veillé. Il lui avait même expliqué longuement qu'elle devrait librement, en conscience, exprimer son choix sur ce que serait le destin du pays. Mais il ne lui avait rien dit sur ce que devait être ce choix, et cela la déconcertait un peu.

Enfin, pour le moment, sur son petit carnet elle en avait retenu la date, c'était facile de satisfaire Hubert par de telles petites choses.

Ce ne fut que quelques jours après qu'elle s'aperçut que cet engagement, auquel elle n'avait pas porté grande attention, contrariait le projet qu'elle avait fait de sortir précisément ce jour-là, entre femmes, avec son amie Agathe. Celle-ci viendrait de sa lointaine banlieue, passerait la prendre et elles visiteraient une exposition, déjeuneraient chez Jimmy où l'ambiance était si drôle, et iraient ensuite à la séance de 14 heures voir le film dont on parlait, un monument, quatre heures de projection !

Pas question dans ce programme, depuis longtemps arrêté et dont elles se réjouissaient à l'avance, de caser un référendum. Sans trop d'espoir elle demanda à Hubert s'il n'y avait pas un moyen de différer un peu le moment d'aller voter, d'un ou deux jours, cela suffirait... A sa réponse ironique elle comprit que ce n'était pas possible.

Tant pis, on verrait bien.

La solution vint par Agathe qui téléphona peu après à Arielle pour lui dire qu'elle-même ne pourrait venir « à cause du référendum ». On reporterait. Un peu déçue, et surprise de l'importance que l'on semblait donner à la chose, Arielle admit que rien ne s'opposait désormais à ce qu'au jour dit elle allât voter. Et elle pensa que cela ferait plaisir à Hubert.

Quelques jours après pourtant, sur un appel de sa mère, elle décida d'enthousiasme de se rendre auprès d'elle en province, et la période proposée englobait précisément le jour du vote !... De nouveau, donc, plus question de référendum, et ce fut l'esprit léger qu'Arielle décréta, formelle, que la famille passait avant tout. Elle l'expliquerait sans peine à Hubert, il le comprendrait, après quoi elle s'en irait joyeusement retrouver sa « maman-toujours-aussi-jeune » et elles feraient les boutiques, puis, vers cinq heures, une petite halte chez « Mamie Dadée » qui, dans son minuscule salon-boutique servait de si bonnes tartelettes qu'accompagnait un thé rare et délicieux.

L'imprévu vint cette fois d'un coup de téléphone de sa mère elle-même qui annonçait à Arielle la venue prochaine de la Tante Adeline pour une durée indéterminée... Avec elle pas de perspective de lèche-vitrine et tout le plaisir des petits gâteaux, des papotages et des fous-rires s'envolait.

Mieux valait dès lors renoncer, ce que l'on fit.

Ainsi on voterait. Mais pour qui, ou plutôt pour quoi ? Arielle fut angoissée à l'idée, qui maintenant s'imposait, de devoir faire un choix.

Pas longtemps.

La première rencontre fut la bonne. L'amie Julia, perdue de vue depuis une éternité, retrouvée par hasard au sortir d'une station de métro l'interrogea avec aplomb : « Et au fait, comment votes-tu ? » Voyant Arielle embarrassée, elle ajouta : « Surtout ne fais pas de bêtises ! » Et, sur sa lancée elle lui dit bien quelles étaient ces bêtises qu'il ne fallait pas faire.

Pour qu'il n'y ait pas de place pour le moindre malentendu elle lui précisa même, faisant bonne mesure, comment elle devrait voter.

Arielle n'aimait pas Julia, ses airs suffisants, ses tons volontiers arrogants, son assurance agressive.

En son for intérieur elle décida donc qu'elle voterait, le moment venu, à l'inverse de ce que lui avait dit l'autre. Bien sûr elle ne lui en dit rien, mais elle savoura au fond d'elle-même la malignité de sa décision.

Sitôt rentrée à la maison, par contre, elle en fit part à Hubert, sans lui en révéler le motif réel, mais satisfaite de lui montrer qu'elle s'était forgé sa propre opinion et malgré que lui-même n'ait rien fait pour cela.

Hubert acquiesça en silence. Arielle avait choisi, c'était bien.

Le jour du vote, elle enleva de l'enveloppe les deux bulletins, le oui et le non, choisit le bon qu'elle plia et enfouit dans son sac, consciente d'avoir ainsi avancé son affaire.

Hubert s'était rendu de bonne heure aux urnes. Elle y alla sur le coup de midi, négligea l'isoloir puisque son papier était déjà prêt et plié, et vota.

* * *

Aux informations du soir, on ne put donner les résultats. Le scrutin, disait-on, était extrêmement serré et le resta au fur et à mesure que l'on avançait dans la nuit. Tour à tour l'une et l'autre des deux options l'emportait, et chaque fois de peu, d'infiniment peu, et il fallut attendre les derniers votes des bureaux reculés et recompter encore pour connaître enfin le choix qu'avait fait le pays.

Et là ce fut la stupéfaction, le mot n'est pas trop fort. Tout s'était joué sur une voix. Une voix ! Une seule, dont l'inversion, donc, eût suffi à changer le résultat. On eut beau jeu d'expliquer qu'il s'était agi là d'un événement hautement improbable qui jamais ne se reproduirait, c'était certain, mais auquel, dans l'immédiat, il fallait bien se résoudre.

Dans ces conditions il était bien évident qu'une annulation du scrutin pourrait facilement être demandée et obtenue. La moindre irrégularité relevée dans le plus petit village suffirait à la justifier.

Mais alors les sages intervinrent. Si l'on revotait il était certain que l'écart serait plus important, mais s'il restait malgré tout encore infime, et c'était à prévoir, une nouvelle annulation serait tout aussi facile à justifier et le moment où l'on interromprait cette suite de consultations pour en figer définitivement le résultat, outre la lourdeur de la chose, constituerait par lui-même un monstrueux arbitraire. Aussi le Conseil d'État, inspiré par ces considérations, prit les devants et émit un avis. Il annonça haut et clair qu'une annulation du vote exprimé serait particulièrement inopportune et il laissa entendre sans équivoque que cet avis fixerait sa position au cas où il en serait saisi.

Et le vote fut acquis, définitivement.

Il ne fut pas dans le sens qu'avait choisi Arielle. Cela l'irrita un peu, et puis elle n'y pensa plus.

* * *

Quelques jours passèrent, et puis un matin, Arielle avisa un papier plié en quatre, dans une coupe à fruits. Intriguée, elle le cueillit entre deux doigts, le déplia, lut et s'esclaffa: c'était le bulletin de vote qu'elle avait choisi et cru mettre dans son sac ! A l'évidence elle avait donc inversé les bulletins et, en conséquence, voté à l'encontre de ce qu'elle avait décidé.

C'était trop drôle ! Un instant elle fut tentée d'appeler son amie Agathe, et puis non, celle-ci ne comprendrait pas qu'elle lui téléphone pour si peu, elle lui répondrait : « Et alors ?... » et lui couperait son effet.

Tout de même, le soir, lorsque Hubert arriva, elle se précipita pour lui raconter son histoire, sinon elle l'oublierait, c'était sûr, la journée ayant été fournie par ailleurs en événements tout aussi insolites ou plaisants dont elle ne manquait jamais de lui faire une relation à sa façon.

Là, elle fut surprise : Hubert l'écoutait en silence, grave, pénétré de ce qu'elle disait. Il insista : « Tu veux dire que... « Sa phrase resta en suspens, interrogative. Arielle, très impressionnée par l'attitude d'Hubert, qu'elle ne comprenait pas, ne sut que lui répéter ce qu'elle venait de lui dire. Mais cette fois elle cherchait ses mots, troublée, bafouillant, le regard fixe.

Ce fut alors que pour dissiper la tension et la gêne qu'elle percevait, elle crut bon d'ajouter, plaisante et mutine : « C'est bien de moi ! Tu imagines... Tout de même, cela aurait pu tout aussi bien être quelque chose d'important ! »

FUTBOL

Le stade entier se dressa en une clameur immense qui roula jusque dans les lointains faubourgs, ceux-là même où les petits miséreux qui n'avaient jamais eu en poche les premiers centavos pour s'offrir le plus modeste billet de virage guettaient à cette heure les bruits venus de la ville, et surent que là-bas il s'était passé quelque chose d'énorme. A quelques minutes de la fin du grand match, assurément, le miracle s'était accompli.

Et leur sens aigu des rumeurs ne les trompait pas.

Car la Sociedad, malmenée pendant bientôt une heure et demi de jeu, cent fois près de sombrer devant les virtuoses de la Villacomta et qui, néanmoins, avait réussi à résister jusqu'ici, la Sociedad, donc, le petit, l'obscur, le cendrillon, venait dans un ultime sursaut de marquer l'unique but de la partie. Et, quelques instants plus tard, le coup de sifflet final consacra ce haut fait.

Alors, dans le brouhaha, la joie, la fièvre et la stupéfaction mêlées, le stade se vida et, alentour, les bistrots se remplirent.

Tout naturellement, l'état-major de la Sociedad, escorté des intimes et socios privilégiés, pénétra dans l'arrière-salle du café des Ramblas que l'Académie de billard mettait gracieusement à sa disposition dans ces occasions.

A l'entrée un grand moustachu contint et filtra tous les sympathisants enthousiastes qui auraient voulu « en être » jusqu'au bout, puis referma et verrouilla la porte avant d'aller prendre place au côté des dirigeants.

Le patron de la Sociedad laissa la jubilation ambiante s'exprimer encore quelques instants, puis quémanda le silence et, celui-ci établi, il prit la parole. Il félicita tout d'abord vivement les joueurs, tout excités de leur exploit, mais ajouta aussitôt : « ... il convient d'être modestes, malgré tout, puisque, quels que soient les mérites que vous avez déployés face à un adversaire infiniment supérieur, vous savez tout aussi bien que moi à quelle intervention exceptionnelle vous devez le résultat finalement acquis aujourd'hui. Alors, je vous le demande, ne faisons pas de rêves délirants qui nous réserveraient des réveils douloureux. »

Chacun acquiesça volontiers et le ton des conversations baissa un peu. Mais l'humilité dans le triomphe n'étant guère l'un des composants de la race, l'euphorie reprit bientôt, et plus encore lorsque, c'était attendu, l'on apporta et l'on répartit sur les tables quelques bouteilles pour fêter comme il se devait l'événement du jour.

* * *

Dans la salle d'attente G5 de l'aéroport où l'équipe de Villacomta attendait d'embarquer pour l'avion du retour, c'était la consternation.

A jets ininterrompus on évoquait l'incroyable malchance de tout un match, ces ballons que l'on pensait imparables et qui finalement ricochaient ou s'écrasaient sur le poteau, et cette balle aérienne qu'un tourbillon avait détournée in extremis de la cage vide de la Sociedad ... Et puis ce but de la défaite ! Le jeune gardien mince et basané comme un toréador en parlait avec des gémissements dans la voix : « ...je l'ai vu arriver de l'autre bout du terrain, je me suis dit il est pour moi, et quand ils ont tiré je me suis senti plaqué au sol, tout mou... »

Tant de fatalité amena subitement le silence, ce qui, dans le pays, n'advenait guère que dans le cas de grands malheurs.

Alors, au fond de la pièce, on perçut une rumeur, qui s'amplifia, pendant que l'on poussait devant les dirigeants un petit homme râblé, pas très beau et que l'on connaissait bien sur les terrains pour l'avoir vu accourir, maintes fois, tenant son petit seau d'une main et de l'autre l'éponge. Toujours la même petite éponge dont, arrivé sur le lieu de l'incident, il faisait une passe sur le membre endolori, la déchirure, l'entorse, et qui avait généralement pour effet de remettre miraculeusement sur jambes le joueur éclopé qui s'ébrouait, s'essayait un peu en trois pas hésitants, puis, rassuré, replongeait avec fougue dans la partie.

On l'a compris, c'était le soigneur.

Derrière lui quelqu'un clamait: « Pedro sait tout: le match était fait d'avance ! »

D'un regard le Président interrogea l'homme ainsi propulsé devant lui et qui, aussitôt, expliqua:

« J'étais sur place hier matin: j'y ai mon beau-frère qui m'avait invité depuis longtemps et j'ai profité du match pour aller le voir, et ce matin je l'ai accompagné au marché de la ville où il va vendre ses fromages de chèvre et ses petits pâtés. Eh bien là, tout le monde en parlait, on était assuré du résultat de cet après-midi, on s'en réjouissait même ouvertement comme d'une chose déjà faite et cela m'a bien étonné ! Mais après j'ai compris, quand j'ai su qu'ils avaient réussi à persuader Dom Palardon d'intervenir et qu'il a accepté, et on m'a assuré de toutes parts que c'était vrai et que je verrais bien... Alors vous voyez qu'on ne pouvait pas gagner... »

Une douloureuse amertume accueillit ces paroles. Seuls quelques étrangers au pays demandèrent qui était ce Don Palardon, et comment il avait pu « intervenir ».

D'un ton las, le Président le leur dit.

Ce Don Palardon, bien peu l'ignoraient, non seulement dans la région mais fort loin alentour, c'était ce Saint homme, depuis longtemps reclus dans une vieille et humble cahute, et qui multipliait sans trop se faire prier guérisons merveilleuses et actes miraculeux. Mais jamais jusqu'ici, et peut-être tout simplement parce que nul n'y avait pensé, il n'avait abordé en cela le domaine si vaste et tellement particulier du ballon rond.

Cette novation mise en évidence paraissait monstrueuse au groupe de Villacomta : « Et pourquoi il est intervenu contre nous ? » gémissait-on en chœur.

« Mais ce n'est pas tout, mes enfants, souligna alors le Président, gravement et d'une voix sourde, si Don Palardon est intervenu, il l'a fait tout de même auprès de quelqu'un, Haut placé, très Haut! si vous voyez ce que je veux dire... »

Cette révélation stupéfia tout le monde.

« Alors là, Il a abusé, si c'est Lui auquel je pense ! », s'exclama quelqu'un, résumant l'opinion générale.

Un autre frisa le blasphème en ajoutant: « D'abord le futbol, ça ne Le regarde pas ! »

Et un troisième, plus réaliste, demanda : « Que peut-on faire ? »

* * *

Ce que l'on pouvait faire, dès le retour on le fit.

Une réclamation en bonne et due forme fut bel et bien déposée par le club-association La Villacomta, et examinée avec l'attention qui convenait lors de la première réunion du Comité de contrôle de la Fédération.

Le motif d'intervention divine dans une compétition organisée au plan national fut crûment avancé. Les faits avaient bien été établis sur la base des témoignages reçus, et confortés par la réputation considérable des interventions de Don Palardon que nul ne songeait à contester. Dès lors, on discuta très ferme sur les positions à prendre pour éviter que désormais le championnat ne se déroulât à grands coups de miracles, d'autant que des Don Palardon, il y en avait aussi dans les autres villages, en cette période de retour de grande dévotion, et qui avaient tout autant l'oreille du Seigneur. Alors on pouvait parfaitement redouter sur ce point une surenchère pour peu qu'ils soient pris, tous plus ou moins, d'une passion partisane ou ne sachent résister aux pressantes sollicitations de leurs paroissiens. Or il n'y avait qu'à voir les ex-voto qui, de plus en plus, garnissaient les parois des églises, en remerciement des pénalités repoussées ou des victoires inespérées dans tel ou tel match important, pour apprécier combien, déjà, la dévotion tendait à investir insidieusement le sport chéri du très grand public.

Quelqu'un avança même que l'on aurait bonne mine pour peu que les grands clubs s'intéressent de plus près à la chose et sollicitent dès lors des transferts des saints hommes les plus efficaces, qu'ils viendraient prospecter jusque dans les régions les plus reculées. Et, mieux encore, comme il était à prévoir qu'on les achèterait encore une fois en monnaie forte ils se retrouveraient bientôt tous en Italie ou en Angleterre !

On fut donc d'accord pour étouffer dans l'œuf cette velléité de banalisation de l'usage des miracles à des fins toutes sportives et, dans les faits, pour rédiger deux remontrances soigneusement circonstanciées.

L'une était à l'intention des dirigeants de la Sociedad et était faite en termes qui ne laissaient pas d'ouverture à la réplique.

L'autre considérablement plus modulée, s'adressait à l'Évêché du lieu. Certains pensèrent bien, intérieurement, à viser Plus Haut, là où en vérité l'abus avait été commis, mais de là à l'exprimer, fût-ce sous la forme d'une note très respectueuse, il y avait un fossé béant que personne, en ces temps de dévotion profonde et générale, ne se prit à franchir.

L'Évêché, qui savait à quoi s'en tenir, quant aux facultés particulières de Don Palardon et à l'usage qu'il en faisait, considéra avec beaucoup de sérieux les observations présentées par la Fédération.

L'Évêque, lui, fut personnellement fort ennuyé à la perspective de figurer dans les prochaines éditions du quotidien spécialisé « El Equipo », dans les mêmes rubriques qui, couramment, livraient à la réprobation publique les arbitres douteux et les entraîneurs véreux soupçonnés de fausser le bon déroulement des compétitions.

Mais, plus encore, il fut épouvanté d'imaginer que, par le fait de ce précédent survenu dans son propre fief, l'Église elle même qui, jusqu'ici et dans l'ensemble du pays n'avait donné prise à nul schisme ni hérésie, puisse être un jour divisée de manière aussi absurde pour la part qu'on l'accuserait de prendre dans des rivalités de clochers auxquelles elle ne comprenait rien.

* * *

Tard dans la soirée et très discrètement, Monseigneur Carvalho, après s'être fait annoncer par l'homme en civil qui l'accompagnait, pénétra dans la très modeste demeure de Don Palardon qui l'accueillit, dès la porte franchie, baisa avec dévotion, comme il se devait, son anneau d'améthyste, et prit grand soin de l'installer à la meilleure place.

Alors, seulement, de sa voix douce et bien égale, l'Évêque aborda l'objet de sa visite :

« Nous te portons, dit-il, Pablo Palardon, une grande affection pour tout le bien que tu as fait autour de toi et qui contribue de si belle manière à la propagation d'une foi miraculeusement épanouie parmi notre bon peuple, et nous savons que le Seigneur t'en sait gré et te porte un amour tout particulier puisqu'à l'évidence Il t'autorise la pratique de tant de beaux et merveilleux miracles.

« Nous avons connu les guérisons que tu as opérées parmi les malheureux et les déshérités, et certaines tellement inespérées qu'il n'y a point d'hésitation à les qualifier de miraculeuses bien qu'encore il y manque l'homologation pour cela..

« – Je n'ai fait qu'intercéder, interrompit Don Palardon, et le Seigneur a tout fait.

« – Il est exact, je sais, reprit l'Évêque, que tout nous vient du Très Haut, mais Il n'a point le temps de tout bien approfondir, et Il se repose bien forcément sur le jugement de ceux en lesquels Il a ainsi placé sa confiance.

« Et je me demande si tu n'as pas un peu abusé de celle-ci déjà, Don Pablo, et particulièrement lorsque tu as fait gagner ce match de boxe au petit Miguel face à ce grand américain du Nord, quoique ici tout le monde en était bien content et que pour cela je n'en dis trop rien.

« Mais là, pour ce jeu de futbol, Pablo, tu as pénétré dans un domaine qui ne nous appartient pas, et selon ce qui m'a été expliqué, tu as ainsi gravement perturbé le déroulement de la Coupe si bien que celle-ci, ai-je bien compris, paraîtra désormais bien suspecte auprès du peuple si Dieu qui est par nature toute justice et toute équité permet manifestement d'en infléchir les résultats, comme il semble bien avéré que cela ait été le cas ce dernier Dimanche !

« Or tu sais bien, Pablo que, grâce au ciel, deux grandes passions guident maintenant de façon à peu près exclusive notre pays. C'est d'une part le futbol, auquel je ne comprends point grand chose mais que je respecte profondément, et d'autre part la foi qui nous est revenue très forte et qui emplit nos églises, comme le futbol, à d'autres heures, garnit nos stades. Et l'un et l'autre vont ainsi de pair, sans se porter noise ni jalousie, au point que l'on consacre aujourd'hui régulièrement par un Te Deum chaque victoire de notre estimable équipe nationale dont, par ce biais, il m'arrive de connaître les exploits. »

« Il ne conviendrait donc pas qu'une telle harmonie, tu le comprendras, soit compromise au point que l'on en reviendrait aux rivalités, et puis aux luttes partisanes et peut-être même aux massacres qui laissent ensuite de si exécrables souvenirs dans les livres d'Histoire... »

Là, Monseigneur Cavalho fit une pause, ce qui permit à Don Pablo Palardon de faire le point en lui-même, et aux deux hommes de déguster doucement leur tasse de maté.

Puis, finaud, l'Évêque prolongea le silence, obligeant ainsi Don Pablo à s'exprimer un peu, ce qu'il n'avait point eu l'occasion de faire jusqu'ici. Et il en convint, oui, il était intervenu, et sans trop en apprécier l'importance, un peu comme au village il lui arrivait de faire dévier la boule lancée par ce grand vaurien de Banzarina lorsque celui-ci, dans le cours de la partie, jurait un peu excessivement le doux nom du Seigneur. Non, ça ne ratait jamais, le don il l'avait sans retenue ni réserve, Don Pablo le dit sans forfanterie, bien humblement.

Et les gens de la ville étaient venus le convaincre que ceux de Villacomta étaient, tout le monde le savait bien, d'incorrigibles mécréants dont les églises n'étaient fréquentées que par les araignées et les cancrelats géants, à l'inverse de leurs bistrots, toujours bien garnis, eux, de ces hordes de vauriens qui allaient y passer tout à la fois le temps de l'office et celui des vêpres et auraient été bien en peine d'indiquer aux passants le chemin du confessionnal. Alors ç'aurait été encourager les forces du mal que de laisser gagner cette équipe de boit sans soif et de paillards invétérés.

C'est ainsi qu'il avait cru ses bons amis de la Sociedad qui, eux, étaient toujours en tête pour porter les bannières aux processions et chantaient en chœur à l'église avec fougue et dévotion, au point que l'on en tremblait pour les vieux vitraux déjà bien branlants dans leurs cadres vétustes.

Mais c'était fini, promis et irrévocablement juré, il n'interviendrait plus que pour sauver les bons chrétiens des mauvaises maladies et les malheureux des méchants coups du sort, et surtout il ne s'aventurerait plus dans ce monde si fantasque du futbol et pas même à l'encontre d'une équipe des ténèbres où Asmodée jouerait avant-centre et dont Lucifer lui-même garderait les buts.

* * *

Au cours de sa session du mardi suivant, la Commission de contrôle annula sans hésitation le résultat du match gagné par la Sociedad contre la Villacomta, et décida qu'il devait être rejoué.

La note reçue de l'Évêché, et qui exprimait ses excuses profondes pour les perturbations intervenues avait emporté les quelques doutes qui auraient encore pu subsister quant à leur origine, et elle valait même autant que des aveux clairs et complets de Don Palardon qui n'auraient rien apporté de plus.

Le match fut rejoué, et cette fois la Villacomta écrasa la Sociedad.

Au sortir du Stade, dont le public s'écoula dans une tristesse morne et résignée, Pedro Renato se glissa dans la foule, s'efforçant avec difficulté de cacher une jubilation intérieure qui, exprimée au grand jour, aurait pu lui valoir un mauvais parti.

Il avait fait le voyage avec un groupe de supporters fidèles à la Villacomta, et maintenant il devait attendre le départ du car spécialement affrété, tard dans la soirée. Aussi il mettait ce temps à profit pour visiter un peu les quartiers pittoresques de la petite ville, et il s'éloigna, seul, au gré des ruelles et des placettes.

C'est ainsi qu'au hasard de sa promenade, il passa devant Notre Dame des Anges. Il en distingua le fronton chargé de figurines naïvement sculptées, y détailla l'image des douze apôtres et celle, plus imposante, du Christ en majesté et enfin, surmontant le tout, la représentation que l'artiste avait faite du Père Eternel lui-même, qu'accompagnait, comme il se doit, la petite flamme qui était à ne point s'y méprendre celle du Saint-Esprit.

Pedro contempla cette multiple représentation du Tout Puissant, et cela lui ramena à l'esprit la vilenie cruellement ressentie de la défaite précédente de la Villacomta, dont pas plus que quiconque il n'avait ignoré la cause profonde.

Alors il ne put résister et, tout dévot qu'il était, sous l'impulsion du triomphe tout récent, fortuitement et pendant que personne ne le regardait, il fit, face à la maison du Seigneur, irrévérencieusement, un bras d'honneur.

LE FANTÔME DE LA DÉFENSE

« Une inauguration cela ne se rate pas ! Surtout celle-là ! »

Gilles de Saint Perdoux, PDG de INFO S.A. conclut ainsi l'entretien qu'il venait d'avoir, en tête à tête, avec son ingénieur des travaux.

Il ajouta, se voulant persuasif : « Pensez, la dernière Tour du dernier carré de la Défense ! Cela doit être l'accomplissement, l'apothéose finale d'une grande œuvre réalisée et c'est nous qui en scellons la dernière pierre...

« – Nous n'avons nullement l'intention de la rater. », rétorqua l'ingénieur, un peu pincé par les recommandations de son patron. Mais celui-ci poursuivait :

« – Il y aura le ministre, maintenant c'est certain, et les personnalités de rigueur, et probablement la télévision : nous devrions passer au flash de 13 heures ! Je suis bien content que tout cela se soit bien achevé, et qu'on puisse leur présenter quelque chose de propre. Les entrepreneurs ont bien travaillé, je le dirai dans mon discours.

« Au fait, ajouta-t-il, a-t-on des nouvelles de cet italien qui a ... euh !... abandonné le chantier il y a six mois ?

« – Aucune, répondit l'ingénieur, et très franchement je crois que nous n'en aurons jamais : son chèque nous a été retourné...

« – Ah ! » s'exclama le Président, sans plus, mais d'un ton qui invitait l'autre à poursuivre. Ce que fit celui-ci, après un temps d'hésitation :

« – A dire vrai j'avais appris qu'il tournait autour des femmes de certains ouvriers de l'équipe de turcs qui travaillaient aux fondations. Et c'est une chose avec laquelle ils n'ont pas l'habitude de badiner. Nous nous sommes fait un fier souci. Chaque matin nous craignions de le retrouver dans un coin de chantier avec un couteau entre les côtes.

« – Et en définitive il a préféré décamper ?...

« – Sans se faire payer ?... Peut être !... Un contremaître m'a dit tout autre chose, un soir, mais jamais il n'acceptera d'en témoigner... Sous les ascenseurs, le jour où on a coulé le ciment, cela a été fait de bon matin, alors que rien ne pressait, et ce matin-là il n'y avait que des turcs... et l'italien. Et à midi l'italien n'y était plus !

« – Brrr... Il ne faut surtout pas que votre contremaître parle ! Vous ne voyez pas que la police judiciaire veuille enquêter. Sur ce qui n'est en définitive qu'une simple supposition ils seraient capables de nous obliger à défoncer les fondations... sous les ascenseurs...

d'une tour complètement terminée !

« – Le contremaître ne parlera pas. Nous l'avons muté avec une promotion dans les bureaux où son histoire n'intéresserait personne, et nous avons refait les feuilles de travaux de l'époque en cause d'une façon qui ne donnerait pas prise à une enquête.

« – Parfait! Mais c'est égal, quelle affaire si tout cela était vrai! N'en reparlons plus jamais, et revenons-en à notre sujet.

« – Oh ! Monsieur le Président, tout est prêt, tout a été testé en réel, nous pouvons y aller. Le ministre sera reçu avec les hautes personnalités au pied de la Tour, et tout le monde grimpera par la batterie d'ascenseurs directs jusqu'à l'étage panoramique : trente étages en moins de vingt secondes, c'est impressionnant. L'affichage des numéros des étages a de la peine à suivre.

« – Alors c'est bon! Préparons-nous à ce grand jour. »

* * *

Les invités arrivèrent par petits groupes, reçus aussitôt par les hôtesses parmi les plantes vertes dont on avait orné le hall d'entrée.

Puis ils furent conduits et répartis au pied des trois ascenseurs directs. Le ministre et les notabilités les plus marquantes furent confiés à l'ascenseur A1, les autres répartis entre les ascenseurs A2 et A3.

En haut, l'état-major de INFO S.A. les attendait pour faire les honneurs de la salle panoramique où l'on avait dressé le buffet. Les portes des ascenseurs s'ouvrirent, déversant le flot d'invités. Toutes sauf celle de A1 qui n'arrivait toujours pas.

Au bout d'un moment on s'inquiéta, puis on s'affola. Les techniciens furent mandés en toute hâte, cherchèrent, pataugèrent, dirent que tout était normal et qu'ils ne comprenaient rien. Enfin, au bout d'un long moment, A1 voulut bien redémarrer et libérer ses passagers un peu défraîchis et désemparés.

On s'empressa auprès du ministre qui fit une réflexion acerbe sur cette manie que l'on avait de traiter des marchés avec des firmes étrangères qui ne faisaient pas mieux, et souvent moins bien que les françaises. On lui dit que le constructeur était français. Alors les moteurs ? Français aussi. Eh bien les microprocesseurs... Pour lui permettre de clore sans perdre la face, nul ne lui dit qu'aucune entreprise française n'en produisait...

L'émotion passée on reprit la cérémonie interrompue. Toutefois un ingénieur qui avait fait partie du groupe de A1 prit discrètement le Président à part et lui confia que pendant toute la montée un petit homme sale, comme sortant du chantier et au regard très étrange, s'était tenu parmi les invités. On ne l'avait pas vu entrer dans l'ascenseur, il en était certain, on l'aurait refoulé aussitôt, et il n'y était plus à l'arrivée, il en était sûr également. Comme dissous dans l'espace et dans le temps.

Le Président de Saint Perdoux, attentif à cette intervention, la balaya néanmoins aussitôt d'une simple phrase: tout cela « ne ressemblait à rien ! »... et de nouveau il s'empressa auprès du ministre, qu'il avait quitté un instant.

Entre temps le service Entretien avait certifié que tout irait bien maintenant. Les circuits étaient neufs et avaient mis simplement un peu de temps à s'établir mais on n'avait plus à s'inquiéter désormais.

* * *

Le lendemain on avait oublié l'incident.

Une jeune secrétaire emprunta l'ascenseur A1, commanda son étage et, porte fermée, se retourna et se trouva nez à nez avec un petit homme très brun, terreux et le regard glauque et vide, qu'elle n'avait pas vu en entrant. De saisissement elle poussa un cri étouffé, qui eut pour effet de faire disparaître instantanément le petit homme brun, ce qui provoqua cette fois chez la fille un hurlement strident qui transperça les étages.

A l'arrivée elle jaillit de l'ascenseur, décomposée, flageolante et claquant des dents.

On la fit asseoir dans le premier bureau venu et pendant un long moment, tremblante et hagarde, elle ne put rien articuler de cohérent.

ENTREFILET paru dans LES NOUVELLES DU SOIR :

« LA TOUR SUSCEPTIBLE D'ÊTRE L'OBJET DE PHÉNOMÈNES PARANORMAUX »

« Un bruit court avec insistance, dans les milieux d'affaires, selon lequel l'une des Tours de la Défense, – nous ne précisons pas laquelle afin de lui éviter un surcroît de fréquentation inopportune – serait proprement habitée par un gentil fantôme. Celui-ci aurait élu domicile dans l'un des ascenseurs où il apparaîtrait et disparaîtrait selon son humeur, au grand effroi du personnel, tout particulièrement féminin.

Nous ne croyons bien sûr pas trop à ce phénomène insolite d'un autre âge, et pourtant combien on aimerait que le surnaturel et l'imprévu viennent ainsi apporter parfois quelque fantaisie à la rigidité glacée de nos grandes cités d'affaires. »

Monsieur Gilles de Saint Perdoux, le grand patron de INFO S.A., prenait connaissance des notes brèves et concises que l'on glissait chaque matin dans son courrier pour l'informer des événements et faits saillants concernant la marche de la société.

Ce matin-là un papier retint particulièrement son attention : il relatait les incidents survenus ces derniers jours autour de l'ascenseur A1. Il y était joint un article du journal qui évoquait, au conditionnel certes, et sur le ton du scepticisme, l'apparition répétée d'un fantôme dans une Tour de la Défense qui, si elle n'était pas explicitement mentionnée, serait bientôt connue de tout le monde.

L'existence d'un petit homme gris au teint vert qui apparaissait et disparaissait ainsi sans raison ni explications était déjà passablement agaçante. Si la presse s'y plongeait maintenant, cela donnerait à INFO S.A., c'était sûr, un relent sulfureux qui saperait l'image de sérieux que l'on s'évertuait, dans tous les domaines, à lui donner.

Mieux, quel ridicule si l'on devait désormais guider les visiteurs ignorants de la chose pour les empêcher de prendre, au hasard, ce calamiteux ascenseur A1.

Car les incidents existaient bien.

Bien que la réputation de A1 soit, de ce point de vue là, maintenant bien établie, quelques secrétaires étourdies s'y laissaient encore prendre, et les scènes étaient devenues courantes où l'on devait les conforter, encore toutes chavirées de la chose vue, à grand renfort de gobelets de café chaud puisé en toute hâte au distributeur de l'étage.

De jeunes cadres pleins d'assurance et de mépris pour ces croyances ridicules avaient voulu montrer leur force de caractère en empruntant A1. Certaines fois tout s'était bien passé, au grand soulagement, malgré tout, des intéressés, qui s'étaient bien gardé, par la suite, de renouveler l'expérience.

D'autres fois les audacieux étaient sortis de

l'ascenseur, livides et le pas mal assuré, et étaient partis en hâte s'enfermer un long moment dans leur bureau.

On avait toutefois remarqué que face aux hommes, les apparitions, lorsqu'elles se produisaient, étaient furtives et cessaient immédiatement, comme par désintérêt pour le sujet.

Pour Mademoiselle Barbasson, qui était proche de la retraite et de surcroît dénuée de charme, et même un peu masculine dans sa prestance et son comportement, il en avait été de même lorsque, par accident, elle s'était aventurée dans A1.

Mais avec les jeunes et jolies employées, le petit homme se faisait pressant. Il les serrait de très près, et ses lèvres incertaines proféraient, on le voyait bien, des paroles qui se voulaient enjôleuses mais qui ne produisaient aucun son.

A l'évidence, le fantôme aimait les femmes.

* * *

Que faire dans ces conditions ?

Il n'était plus question de nier le phénomène, il existait bien, et cela n'aurait abouti qu'à en amplifier les conséquences.

Dans un premier temps on songea à apposer un écriteau du type « men only », mais outre le fait que ce ne pouvait être un palliatif absolu, cela marquerait une forme de ségrégation qui mobiliserait immanquablement les syndicats et indignerait les visiteurs. Et encore plus les visiteuses dont certaines, par pure provocation, s'attacheraient à prendre A1 et l'on en reviendrait au problème premier.

Le service juridique, consulté, mit plusieurs jours pour rédiger et proposer le texte d'un panneau que l'on apposerait sur A1, et qui serait :

« Cet ascenseur est susceptible d'être considéré comme hanté à certaines périodes et heures de jour comme de nuit. Les personnes, appartenant à la Société ou étrangères à celle-ci, qui choisiraient de leur propre initiative de l'emprunter le feraient dans tous les cas et en toute éventualité à leurs propres risques et périls. ».

Les juristes, pour plus de sécurité, souhaitaient que, de surcroît, cet avertissement soit également traduit dans les langues les plus usuelles.

Mais le projet ne fut pas retenu.

Et toujours, de temps à autre, on entendait brusquement un long cri de terreur qui faisait sursauter tout le monde dans les bureaux, où il se trouvait toujours quelqu'un pour lancer: « Tiens ! Encore une bonne femme qui a pris le A1... »

On tint donc une conférence au cours de laquelle, faute d'avoir su trouver une solution moins radicale, on dut se résoudre à clore complètement la cage de l'ascenseur A1 et à en déconnecter les commandes.

Accessoirement on fixerait un petit panneau, propre et net, en métal brossé, mentionnant : « Unité structurelle à dépendance analogique », ce qui bien sûr ne signifiait strictement rien. Aux curieux qui poseraient des questions on dirait que cet ensemble était bloqué pour servir à des expérimentations longues et importantes dont on ne savait rien mais dont on attendait beaucoup.

* * *

Isabelle, secrétaire de la Direction de INFO S.A., avait participé à ce titre à la conférence. Jeune, plus que belle, jolie, le front barré d'une mèche qui faisait fondre ses collègues mâles, elle était, sans l'avoir voulu, l'une des personnes les plus en vue de la Société. Le fait qu'elle fût célibataire, et libre selon toute apparence, inspirait aux hommes qui se croyaient une vocation de séducteur des velléités d'offensives sentimentales qui, jusque-là s'étaient toujours heurtées à un refus net et catégorique. Tempéré il est vrai par un merveilleux sourire qui ajoutait encore aux regrets des intéressés.

Elle avait eu l'occasion, elle aussi, de se trouver face au fantôme. Mais contrairement aux autres jeunes femmes elle n'en avait éprouvé ni épouvante ni répulsion.

Libérée de ce point de vue, elle avait été profondément émue du sort tragique de ce petit homme. Elle ne se refusait pas à le voir et le revoir, à la grande stupéfaction de ses collègues qui la voyaient prendre de temps à autre l'ascenseur A1 sans appréhension apparente.

Lorsqu'elle en ressortait, on lui demandait parfois

si elle avait vu le fantôme... Elle répondait que oui. Et elle ajoutait souriante: « Il est très gentil !... »

Elle savait que sa présence répétée lui apportait un réconfort d'autant plus précieux qu'elle était la seule à lui montrer, dans ces circonstances, autre chose que de l'horreur ou de l'épouvante.

Mais en outre elle en vint à se familiariser avec lui, et à considérer, au delà de l'apparition elle-même, l'apparence du petit homme, dans la mesure où elle pouvait lui révéler ce qu'il avait été. Petit, il l'était, certes, mais pas plus qu'elle. Jeune et probablement beau garçon, elle pouvait le deviner de ce qu'elle en distinguait dans le halo grisâtre à quoi il se réduisait désormais.

Plus tard, elle se dit qu'il devait être italien.

Cette découverte lui sembla rendre la situation, toute étrange qu'elle fût, plus légère, moins impressionnante.

Elle en vint bientôt à ne plus se défendre d'un certain émoi à l'égard de son fantôme italien. Et, un jour, elle se surprit à penser qu'elle aurait aimé, dans un autre temps, glisser doucement sa main sur ce qui avait été de séduisantes boucles brunes.

Mais par ailleurs elle eut comme une impression d'avoir déjà rencontré son visage, sous une apparence bien réelle cette fois. Où et quand, elle n'aurait su le dire.

* * *

Tout a une fin.

Le jour vint où l'on entreprit de clore définitivement la cage de l'ascenseur A1, ainsi qu'il en avait été décidé.

Des ouvriers y travaillèrent durant toute la journée, débranchèrent, bloquèrent les portes, mais laissèrent en place les voyants lumineux, dorénavant sans objet mais que l'on ne pouvait supprimer sans altérer, à tous les étages desservis, la façade murale de la batterie d'ascenseurs.

Lorsqu'ils partirent, leur ouvrage achevé, le Fantôme de la Défense était désormais enfermé dans son tombeau de béton et d'acier.

La veille, Isabelle avait tenu à faire dans A1 un dernier voyage. Elle en était ressortie le visage enfoui dans la masse en désordre de sa chevelure. Très émue elle s'était cependant ressaisie et avait décidé sagement que tout ceci appartenait désormais au passé, un passé bien extraordinaire, certes et même extravagant, mais dont elle ne devait plus s'encombrer l'esprit.

Ce fut ce soir-là qu'elle sut quel était celui dont la ressemblance avec le petit homme gris l'avait intriguée. Elle le croisa dans le hall, alors qu'il venait prendre son poste pour le soir : c'était l'un des veilleurs qui venaient s'installer dans la grande salle de contrôle pour la nuit, après que les bureaux de la Tour aient été désertés.

Il était jeune et fort joli garçon, quoique de taille plutôt inférieure à la moyenne, et le visage très fin sous une auréole de boucles brunes. Sa ressemblance avec l'image qu'Isabelle avait retenue du fantôme de l'ascenseur était effectivement hallucinante. Mais lui était bien en vie, éclatant de santé et de bonne humeur.

Elle n'hésita pas à l'aborder, sous un prétexte anodin, et il en fut enchanté. Il aimait beaucoup les femmes et Isabelle était très mignonne.

On bavarda, on se connut mieux, alors que jusqu'ici les rapports entre eux s'étaient limités à de vagues et très épisodiques saluts de courtoisie au hasard de rencontres très fortuites.

* * *

Gino Renati, veilleur de nuit à INFO S.A. était heureux.

Il aimait ce poste qui, l'occupant une partie de la nuit, lui laissait en contrepartie dans la journée de longs temps de loisirs.

Et puis il y avait maintenant son idylle avec Isabelle, cette secrétaire qui, mon Dieu, était tellement attirante, et si agréable à vivre. Il ne voyait pas trop ce qu'elle lui trouvait de mieux qu'à tous ces hommes, mieux placés que lui et qui tournaient autour d'elle, mais cela ne le préoccupait pas, l'essentiel pour lui étant de vivre l'instant présent.

Pris, l'un et l'autre, par leur travail à des heures radicalement différentes, ils se retrouvaient généralement durant leurs temps de congés. Cela lui convenait très bien, lui laissant ainsi un sentiment de liberté et, semblait-il, à elle aussi.

Une chose, ce matin-là, l'intriguait toutefois: au cours de leur tout derniers ébats intimes, auxquels leur jolie romance les avait très vite conduits, elle lui avait glissé ses doigts écartés dans ses cheveux bouclés et ébouriffés tout en lui murmurant, dans un élan d'extase : « ... mon petit fantôme italien! »

Quel rapport ?

Était-ce une allusion au désormais fameux fantôme de la Tour ? Gino ne s'interrogea pas plus car, quoiqu'il en fût, la suite était merveilleuse.

Ce fantôme, au fait, et contrairement à beaucoup parmi le personnel d'INFO S.A., Gino n'avait jamais eu l'occasion de le voir.

Il savait par contre à son sujet quelque chose que tout le monde ignorait.

Car la nuit, alors que tous les autres veilleurs restaient sans en bouger à leur table de contrôle, lui, Gino, aimait à parcourir parfois, comme pour une tournée de surveillance, les couloirs d'accès de la Tour.

Il en aimait le calme et le silence revenus, et éprouvait ainsi le sentiment que, pour quelques heures, c'était là son domaine.

Et il avait vu ainsi qu'à minuit, les voyants de A1, ceux que l'on avait définitivement débranchés, s'allumaient. Puis tout se passait comme si l'ascenseur effectuait, tout seul, d'incessants allers et retours, lentement, avec des haltes, puis des redémarrages, et cela durait ainsi des heures, dans un silence total...

Au petit matin, tout s'éteignait.

Nul autre que Gino, il en était sûr, n'avait vu cela. Mais lui se gardait bien d'en parler.

Il avait obtenu ce job et ne voulait pas le perdre. Or il savait que s'il racontait ce qui se passait on ne le croirait pas. On pourrait l'accuser tout simplement de boire, ou bien d'avoir des hallucinations ou de faire des rêves, toutes choses bien évidemment incompatibles avec sa fonction de veilleur.

Il ne se confia même pas à Isabelle. D'ailleurs cela ne l'aurait probablement pas intéressée.

Tout était bien ainsi et le resta.

LA NUÉE MERVEILLEUSE

Rappelez-vous, c'était dans l'une des dernières années du XXe siècle finissant...

Ce soir-là, pour la centième de son émission « Ce sacré bon vieux temps », la chaîne TV66 avait fait très fort. On avait rappelé de très nombreuses célébrités qui, dans les domaines du spectacle, du sport ou de l'actualité, avaient connu jadis de grands moments de gloire. L'animation avait été assurée par les meilleurs présentateurs, et l'événement ayant été annoncé longtemps à l'avance, les nostalgiques du passé ainsi dûment motivés, se pressaient devant leurs postes.

Or ce fut un désastre ! Non par la qualité de l'émission elle-même, qui fut bien telle que prévue, mais par les conditions de sa retransmission dans les foyers. Dès les premières images, ce furent des manques, des stries affolées qui zébraient de plus en plus l'écran, ne laissant bientôt plus distinguer que par intermittence les idoles d'autrefois qui se succédaient sur un plateau particulièrement choisi. Et cela finit par un rideau de neige, grise et morne, qui occulta définitivement les images.

Ce fut alors une explosion d'indignation, un torrent d'appels téléphoniques à la chaîne émettrice, dont les opératrices affolées ne purent que répondre que l'on n'y comprenait rien, que l'ensemble technique avait été passé au crible, contrôlé en toute hâte et que tout paraissait de ce point de vue parfaitement correct.

Pas d'orages, ni de perturbations atmosphériques à invoquer, non vraiment, c'était inexplicable !

A dire vrai, l'émission très en vue ce soir-là « Ce sacré bon vieux temps » avait polarisé toute l'attention, mais on s'avisa, aussitôt après, que les programmes des autres chaînes avaient connu aussi des incidents analogues.

On se souvint également que dans les heures précédentes on avait déjà constaté des perturbations mais qui n'avaient alors pas présenté la même acuité. Assurément dans la soirée le phénomène s'était amplifié et généralisé, si bien que tous les écrans de télévision s'étaient couverts peu à peu d'un brouillard uniforme, ce qui plongea les chers téléspectateurs dans une désolation profonde.

Dans la nuit un avion long-courrier, trompé par des réceptions radio et gonio défaillantes, se perdit à l'arrivée sur Roissy et n'eut d'autre ressource que de se poser, sans dommages autres que matériels, dans les plaines de la Beauce.

D'autres connurent des difficultés semblables, cette nuit-là dans le monde entier. Les conséquences n'en furent pas portées à la connaissance des médias afin de ne pas ajouter à la panique désormais croissante, mais les Compagnies aériennes, affolées, réagirent très vite et suspendirent aussitôt tous leurs vols.

On savait maintenant que tout ce qui avait recours à la télétransmission ou, d'une façon générale à la transmission d'ondes hertziennes dans l'espace était devenu totalement inopérant.

Mais on n'en savait pas plus.

Les savants, sollicités pour trouver des explications à ces phénomènes se réunirent par petits groupes, regrettant que l'absence, désormais totale, de liaisons aériennes ne leur permettent pas de colloques à un niveau plus important.

Ils étaient extrêmement perplexes. En dehors même du problème qui leur était posé, l'anéantissement subit de lois physiques qu'ils tenaient pour immuables les laissait profondément désemparés.

Ce furent les astrophysiciens qui dégagèrent une hypothèse, imprécise, certes, mais qui donnait déjà un axe de recherches, et accessoirement de réflexion. On pouvait penser, selon eux, à l'arrivée d'une nuée venue des immensités célestes envahir notre modeste système solaire, notre petite Terre comprise, et dont la nature serait propre à brouiller les ondes de toutes sortes dont l'homme avait aujourd'hui empli l'espace.

Si l'on s'en tenait à une telle explication, on ignorait par contre quelle pouvait être l'importance de cette hypothétique nuée, et le temps qu'elle mettrait à traverser notre région solaire.

Les astronomes, eux, pensaient que ses dimensions pouvaient fort bien s'exprimer en années lumières, et que dans ces conditions il faudrait des siècles avant qu'elle ait fini de passer et se soit évacuée définitivement.

C'était même très probable, car plus ténue elle se serait probablement diffusée depuis longtemps dans l'espace.

Quant à savoir comment elle était constituée, c'était là le mystère. Des détecteurs mis aussitôt en batterie n'avaient rien décelé d'anormal, ce qui d'ailleurs ne signifiait pas grand chose, le facteur perturbant étant vraisemblablement d'une origine qui nous était encore étrangère. Par contre on ne détecta aucun des rayons dont on pouvait craindre qu'ils n'aient d'incidence nocive pour la vie sur terre. C'était malgré tout là un élément important et on fut au moins rassuré sur ce point.

* * *

Des pans entiers d'activités mis ainsi en sommeil sans que l'on sache pour combien de temps, cela posait de graves et même insurmontables problèmes sociaux et économiques. Le gouvernement, très vite, entreprit d'y remédier. Des aides financières, des moratoires furent ainsi décidés, dont on verrait plus tard comment ils seraient compensés. Et l'on pressa fermement les banques d'assurer leur contribution en assouplissant leur réglementation concernant notamment leurs conditions de prêts et de découverts.

Mais les banques, à leur tour, étaient sévèrement frappées dans leurs rouages les plus essentiels: les ordinateurs, dépositaires et comptables de la quasi-totalité des règlements effectués ou à faire, se taisaient un à un. On les testa méticuleusement et ce fut l'horreur ! Non seulement dans le secteur bancaire le plus immédiatement touché, mais aussi dans toutes les grandes entreprises et les collectivités, les mémoires des ordinateurs s'effaçaient...

Avec elles étaient irrémédiablement perdus les enregistrements colossaux qui régentaient la vie administrative et sociale du pays.

On réalisa très vite ce que cela signifiait:

Les repères de règlements et de soldes qui disparaissaient, les fichiers perdus, les salaires et pensions qui, de longtemps ne pourraient être payés... à chaque moment on découvrait un nouveau blocage. Et même dans les opérations les plus simples on n'était jamais certain qu'à un stade quelconque on n'ait pas recours à l'un de ces ordinateurs désormais impuissants.

Ce fut, bien sûr la panique.

De surcroît le public, profondément inquiet de son devenir le plus immédiat, n'achetait plus et la crise s'installa, intense. Quant au chômage, désormais galopant, on renonça à le chiffrer.

Des initiatives caritatives se développèrent, spontanément, offrant, dans la mesure des ressources possibles, un minimum d'aliments, de médicaments ou de soins à ceux, de plus en plus nombreux, qui se trouvaient brusquement privés de leurs moyens d'existence les plus élémentaires.

Au coin des rues réapparaissaient les soupes populaires des temps de misère, et l'on s'efforçait de débusquer dans leurs humbles logis les vieilles gens qui ne pouvaient plus guère se manifester ou répugnaient, par pudeur, à le faire.

Quant à l'argent, hormis les pièces et les billets en circulation, il existait bien sous ses multiples formes de dépôts, de comptes et de placements. Mais quel moyen d'y avoir accès, désormais ?

On ne pouvait, bien sûr, laisser les choses en l'état. Après une période d'angoisse absolue, certains « décideurs » prirent les choses en main. Il n'y avait désormais pas d'autre solution que de récupérer les derniers états imprimés, lorsqu'ils existaient, puis de jouer du crayon, et aussi des calculettes lorsque celles-ci voulaient bien fonctionner, puis travailler à la main comme autrefois. A cette différence près qu'entre temps les opérations s'étaient prodigieusement multipliées.

Il fallut donc tout à coup beaucoup de main d’œuvre, des masses de papier, des bureaux, de l'espace que l'on dut parfois trouver en dehors des grandes villes, redonnant vie, parfois, à des régions frappées jusque là par l'abandon de leurs activités traditionnelles.

Sous la pression de la nécessité chacun prit modèle très vite sur ce que faisait son voisin. Des règles pratiques furent dégagées à la faveur de l'expérience des uns et des autres quant aux meilleures façon de traiter à la main une multitude d'opérations gérées auparavant par une informatique parvenue à un niveau de performance extrême.

Des spécialités professionnelles se firent jour, pour répondre à ce nouveau mode d'organisation, et des cours furent même ajoutés aux sections « Science Eco » de l'enseignement supérieur. Ils furent regroupée dans ce que l'on appela la « manumatique », et l'industrie s'y intéressa de très près.

Tout cela était lent, certes mais l'ensemble démarra, lourdement d'abord, puis de plus en plus efficacement, dans la foi retrouvée.

« On faisait quelque chose », et le peuple désormais ne se sentait plus abandonné sans recours devant l'inéluctable.

Les papeteries, les fabricants de matériel, les entrepreneurs, connurent un nouvel essor. Eux seraient payés car tout ce qui participait de la nouvelle organisation prenait un départ que l'on maîtrisait dès lors parfaitement. On avait vite compris la nécessité d'aller de l'avant sur les affaires nouvelles, en laissant de côté l'arriéré sur lequel on reviendrait plus tard, si on le pouvait.

Les besoins exprimés en offres d'emploi, dès lors affluèrent, assorties il est vrai pour y satisfaire de changements radicaux d'orientation auxquels chacun devait se soumettre. Mais dans l'ensemble, à la surprise même des intéressés, beaucoup y trouvèrent alors leur voie, souvent même dégagée des contraintes et des exigences sans cesse renouvelées qu'ils avaient connues dans leur vie professionnelle d'alors.

Il y fallut tout spécialement des calculateurs, beaucoup de calculateurs, pour suppléer dans ce domaine à la déficience généralisée de l'informatique. On remit alors en fonction dans un premier temps des moulinettes à calculs au modèles d'autrefois, mais les opérateurs d'aujourd'hui s'embrouillaient dans les cumuls et les mises en mémoire qu'assuraient jusque-là si bien les ordinateurs, aussi décida-t-on plus sûr d'en revenir aux méthodes de calcul de nos grands pères. On fut fort aise de pouvoir recruter quelques très vieux instituteurs que l'on chargea d'animer des séances plénières de mises à niveau où ressurgissaient les modalités surannées des retenues et des « preuves par neuf. »

Il fallait se faire une raison : à moins d’une disparition complète et définitive de la nuée perturbatrice, que rien pour l'instant ne laissait prévoir, on ne pourrait revenir à l'informatique, et on le fit savoir.

Cela suscita dans l'opinion publique une vague de soulagement qui atteignit à l'euphorie. On en parla le soir entre voisins, puisque les postes de télévision restant obstinément muets, on en revint peu à peu aux veillées d'antan.

Les politiques furent surpris de la tournure des

choses. Ils furent nombreux à tenter de s'en attribuer le mérite, mais leurs discours à ce sujet perdaient de leur intérêt puisque la télévision ne les colportait plus dans les foyers, et la radio non plus.

* * *

Antoine, seize ans, n'avait jamais pu se résoudre à laisser au rebut le mini-ordinateur qu'il avait reçu pour son anniversaire. De temps à autre il essayait de pianoter un peu, comme avant. Mais rien n'apparaissait à l'écran.

Pourtant, ce soir-là, comme il s'était mis encore une fois au clavier, quelques signes s'affichèrent. Oh ! Rien de cohérent, les programmes de base, ceux qui contiennent les instructions permanentes, ayant disparu dès le début comme tous les autres. Mais enfin il s'était passé quelque chose.

D'autres qu'Antoine avaient constaté eux aussi qu'après cette longue, très longue occultation, les ordinateurs se remettaient à balbutier et étaient peut-être en passe de retrouver leurs fonctions et leurs mémoires. Si cela était confirmé il suffirait de recharger programmes et logiciels et l'on redémarrerait comme avant.

Les Japonais et les Américains allaient sans tarder se préparer pour une nouvelle aventure d'autant plus profitable qu'il allait falloir remettre en fonction le « soft » du matériel existant et rééquiper nombre d'entreprises et de collectivités.

Quelques années avaient passé, très vite, depuis le début de la crise et l'on s'était maintenant bien installé dans une organisation nouvelle où un nombreux personnel avait retrouvé un emploi diversifié et stable.

Tout cela pouvait désormais être remis en question, on le sut et l'inquiétude s'installa de nouveau parmi ceux que le retour de l'informatique risquait de laisser sur le sable.

Alors se produisit un miracle. Il y eut, de par le monde, une poignée de responsables de haut vol, sans fonction politique bien connue du grand public, mais qui disposaient de leviers de commande effectifs leur permettant, mieux qu'à d'autres, d'imposer la réalisation de grands dessins.

Par eux, sans qu'on le sût vraiment, furent prises des séries de mesures que l'on appliqua fermement dans toutes les contrées du globe. Et en premier lieu un communiqué fut longuement diffusé et reçut l'appui du monde civilisé: il précisait sans la moindre ambiguïté que si la nuée semblait se diluer quelque peu ces temps-ci, rien ne disait qu'elle ne soit pas la première d'une série de nuages semblables, et même dans ce cas plus importants encore, dont elle ne constituerait en quelque sorte qu'une avant-garde. Et rien ne permettait d'assurer, dans l'état actuel de nos connaissances, que ce ne soit pas le cas.

Dans ces conditions, si l'on se laissait aller aux errements du passé, ce serait cette fois-ci aux risques et périls de ceux qui seraient réputés alors le faire en pleine connaissance de cause. Et si des perturbations se produisaient de nouveau, non seulement on n'aiderait pas à une nouvelle et éventuelle reconversion, mais on assimilerait en outre le fait de s'y être prêté à une lourde faute contre la société, dont il était prévu qu'elle serait punie très sévèrement et de façon particulièrement infamante sur les personnes et les biens de ceux qui en auraient assumé ou fait assumer le risque.

Le texte en était signé des plus grands noms de la science, et approuvé quant à ses conséquences pénales par les autorités en place dans les principaux pays susceptibles d'être concernés.

Les Japonais regimbèrent bien un peu mais on sut, d'une manière que l'on ignora toujours, mais qui parut efficace, leur faire entendre raison. Probablement en leur laissant entrevoir, pour le cas où ils auraient passé outre, une réglementation draconienne et généralisée qui leur aurait laissé tous leurs marchés d'exportation sur les bras.

Quoi qu'il en soit ils ne furent pas en peine pour imaginer et mettre en fabrication de nouveaux produits qui se substituèrent rapidement aux innombrables machines et jouets électroniques dont, il n'y avait pas si longtemps encore, ils inondaient le monde entier.

Quant aux pays traditionnellement perturbateurs, leur position n'avait pas la moindre importance, n'étant en aucun cas de ceux qui pouvaient influer par une éventuelle poussée technologique, dissidente ou non, sur les destinées du Globe.

Il y eut bien quelques savants, imbus de particularisme et de médiatisation, pour juger et faire savoir que tout cela n'était que sornettes, et qu'eux savaient que la nuée n'était qu'une péripétie sans suite, parce que ceci et parce que cela, et qu'elle allait définitivement disparaître et que tout ce qui avait été fait pour en pallier les conséquences n'avait désormais plus de sens.

Ils pensaient ainsi jouer impunément. Si par la suite, bien plus tard, leur jugement se révélait erroné cela serait oublié et passerait totalement inaperçu. Si par contre il se trouvait confirmé, ils sauraient l'exploiter et en tireraient alors un bénéfice personnel immense.

On ne daigna pas leur répondre.

Mais on fouilla impitoyablement dans la vie et le passé de chacun de ceux-là, et comme nul n'est parfait on exhuma et l'on amplifia le moindre faux-pas, le plus petit manquement : petites affaires de mœurs, personnel ménager employé « au noir » et depuis quand..., travaux personnels engagés sur des fonds publics, passe-droits érigés au niveau de scandales, insuffisances révélées et mises en lumière au regard de la notoriété des intéressés...

Lorsque la matière s'y prêtait on leur fit des procès, lourds et retentissants, interminables, avec chaque fois appel a minima, et longs exposés des circonstances et des attendus complaisamment étalés sur la place publique. Ce qui fait que ces pionniers de la contestation n'eurent point d'émules.

Dans quelques musées on conserva des modèles d'ordinateurs, que l'on remit en état à grands frais. Un personnel spécialisé en assurait l'entretien et, à certaines heures de jours bien déterminés, les faisait fonctionner pour des groupes de visiteurs, des enfants des écoles ou, parfois, des clubs de nostalgiques venus se retremper dans un passé que l'on savait révolu.

Mais seuls les grands musées de quelques grandes villes pouvaient assumer une telle charge, et d'ailleurs les pièces de rechange manquaient de plus en plus, ainsi que les techniciens capables de les assembler.

* * *

Ceux qui triomphaient, dans cette longue affaire, ou du moins n'eurent guère à en pâtir, ce furent les Chinois.

Avec leur placidité légendaire ils se défirent sans gros problème d'installations informatiques auxquelles ils n'avaient jamais vraiment adhéré, et plus que jamais méfiants envers les inventions diaboliques des occidentaux et autres barbares industrieux, dédaignèrent même les calculettes qui n'étaient pas, elles non plus et en toute certitude à l'abri des vicissitudes du ciel, et ils retrouvèrent leurs bouliers avec une ineffable sérénité.

Ils en fabriquèrent dès lors de grandes quantités, il n'y fallait pas d'installations compliquées et cela pouvait se faire autant dans de grands et vastes hangars abritant une multitude d'ouvrières aux doigts agiles qu'en famille dans de modestes cahutes du fond de la Mongolie Intérieure.

Mieux, ils en exportèrent des quantités, profitant d'une vogue immense dans les grands pays de l'Europe et de l'Amérique pour tout ce qui apparaissait comme un retour à la tradition.

Ils en expédièrent même des bateaux complets de par le vaste monde. Mais les commandants n'aimaient pas ce genre de cargaison : les bouliers ainsi rangés par centaines bien à plat dans des milliers de boites toutes pareilles, on entendait dans les jours et les nuits de grosse mer des millions de boules en bois qui glissaient sur leurs tiges à chaque coup de roulis dans un même mouvement, et butaient toutes ensemble dans un TAC gigantesque qui se répétait des heures durant avec une parfaite régularité, et rendait les marins fous.

L'APOCALYPSE DEMAIN MATIN

L'apocalypse, Messieurs, nous surprendra demain matin dans nos tours d'acier glacé et nos déserts de béton.

Déjà nous est venue la faim, la vraie, et plus que la famine des temps anciens, demain le manque, l'épuisement de toutes choses, implacable, absolu !

Point d'élevage, plus de cultures que l'on ait sauvegardées, mortes l'une après l'autre de n'avoir plus de support nourricier où s'agripper... Et comment, par quelle grâce en eut-il pu être autrement ? Nulle terre qui ne soit devenue dalle, route, cité, usine ou décharge hideuse.

Nulle forêt, même, et parmi les plus denses et les plus profondes, et celles notamment que l'on croyait autrefois les ultimes réserves de notre pauvre globe, qui n'ait été exploitée, dévastée par de monstrueuses machines pour d'âpres exploitations et qui ne soient devenues dalles stériles de roches et de sable...

Rien enfin qui puisse retenir désormais les graines fragiles des plantes d'autrefois, depuis longtemps desséchées et perdues, et auxquelles suppléent désormais des représentations fabriquées et peintes à l'image de ce que l'on sait encore de ce qu'étaient jadis nos fleurs et nos arbres.

Et guère plus de ces légumes et de ces fruits, et de ces merveilleux produits aussi que l'on trouvait il n'y a guère, sur nos derniers marchés, et que remplacent aujourd'hui pour notre nourriture quotidienne les substances savamment composées que nous dispensent les grands laboratoires qui en imitent à la perfection, les yeux fermés, le goût que nous aimions, et la couleur et la texture, et que nous acceptons car c'est cela et pas autre chose...

Mais avec quoi demain feront-ils encore tout cela, puisque bientôt il ne restera rien que l'on puisse encore transformer, traiter, combiner, rien que d'inerte sur notre misérable sol.

Car la faim c'est aussi cela, la disparition de toutes nos ressources, et les minérales comme les autres. Taries aujourd'hui nos mines, et vidés nos gisements les plus riches, raclés à mort tant on les croyait inépuisables, et des œuvres vives de nos industries ne restent aujourd'hui que des charpentes abandonnées rouillant lamentablement au vent des grands espaces nus.

La faim, celle enfin qui s'abat, inexorable, sur nos dernières grandes cités, gigantesques îlots demain condamnés, qui émergent des lugubres vastitudes pour accueillir, dans la peur et la violence, les foules des ultimes angoisses.

Et puis voici venue tout droit de la nuit de nos terreurs d'enfants, la peste. Non pas celle des temps anciens, la noire, la verte, celle de l'an mil qui cheminait de compagnie avec les grands rats d'Asie.

C'est, plus terrible encore, la peste que nous avons fabriquée nous mêmes, et répandue jusqu'à ce qu'aucun pays n'en fût épargné. Celle des terrifiques produits par lesquels nous avons effacé toute vie qui nous gênait. La peste qui a fait nos rivages noirs, nos rivières vides, et nos eaux devenues sales, et celle par qui demain seront les races éteintes de n'avoir pu survivre aujourd'hui qu'en nombre infime.

La peste qui fait qu'en nos cimetières les morts sèchent et se tannent, car il n'est plus aujourd'hui de vers ni le moindre insecte fouisseur pour les rendre à la terre...

Celle enfin qui a fait notre ciel hostile, et lourd désormais de choses qui ne s'y trouvaient pas.

La peste, Messieurs, plus vraie que la vraie...

Et puis la guerre, de partout, des pays et des rues, et qui, de toujours, se nourrit d'elle-même comme le feu entretient le feu et le propage en des foyers nouveaux.

La guerre que l'on fait même à la guerre, et que nulle morale, nulle éthique ne viennent plus brider. La guerre qui, même, n'a plus souci de se justifier. Celle qui, de l'extérieur, dicte nos destinées sans que nous y puissions rien, et qui trouve des ressources nouvelles lorsque, pour le reste, il n'y en a plus.

La guerre qui, maintenant, a gagné parce qu'après un si long temps passé jamais nous n'avons su la dompter, et que demain nous ne le pourrons plus.

Et, en fin de tout cela, inéluctablement la mort. Oh ! pas seulement la nôtre, mais celle de toutes choses. La mort, froide, qui s'étend désormais sur notre misérable terre et marque la fin d'une vie qui, partout, s'éteindra demain de n'avoir aujourd'hui point été entretenue. Et sans d'autre espoir, ténu, infime, que quelque part, dans les grands espaces intersidéraux, se trouve une nouvelle terre pour perpétuer une parcelle de vie dans cet univers infini de cataclysme et de glace...

Ils sont là, Messieurs, ces quatre fléaux éternels de l'Apocalypse. Ils nous ont survécu, confortés par nos propres ambitions, nos fureurs et nos appétits, et en ce jour ils nous guettent, assurés que demain viendra qui leur apportera, désormais irrévocable, absolue, leur victoire.

L'orateur, Moth Namarak – il importe peu de connaître le pays dont il était le représentant – se tut. Ce fut le silence comme dehors était le silence que, depuis longtemps déjà ne venait plus troubler le moindre cri d'oiseau.

L'assistance, que constituaient les plus hautes sommités des sciences et de la politique, savait que celui-là qui venait de parler était dans le vrai.

Alors entra un vieil homme, barbu et sec et le cuir ridé.

Il avait demandé à avoir accès à la conférence et il l'avait fait avec une telle force de persuasion que les hôtesses, malgré les instructions reçues, l'avaient introduit dans la grande salle où se tenait celle-ci.

Alors, lorsqu'il fut parvenu jusqu'au bord de la vaste table de réunion où il se tint debout, déférent mais décidé, parmi le groupe des congressistes, l'homme parla.

Et il dit :

« Je suis venu de loin, des contrées où j'avais fait ma vie, et j'ai cheminé longtemps par les montagnes et les plaines pour retrouver enfin mes frères de naissance.

« Je sais, pour l'avoir vu tout au long de mon chemin aride, ce qu'est aujourd'hui devenue la misère du monde. Nous avons appelé l'apocalypse, il est vrai, et demain matin nous l'aurons à nos portes et dans nos foyers.

« Pourtant, sachez-le, Messieurs qui m'écoutez, j'ai vu là-bas, tout au fond du monde, des choses nouvelles.

« Dans les étangs et les lacs, où depuis longtemps déjà ne subsiste plus aucun poisson ni aucune algue, naissent aujourd'hui de minuscules créatures, toutes simples et acharnées à vivre, qui s'accommodent des eaux souillées, font leur ordinaire des déchets de pétrole et dévorent avidement les résidus acides. Et on dirait maintenant qu'il leur pousse des pattes...

« J'ai vu, sur le béton et la pierre nue des cités mortes, des fleurs inconnues, des plantes jamais vues et des lianes qui n'en finissent pas, et qui les enserrent et les étouffent et s'en repaissent sans qu'il soit besoin du moindre soupçon de terre nourricière.

« Cela va vite, et une forêt renaît, et une vie animale aussi qui ne sont plus celles que nous connaissions.

« La nature toujours travaille pour elle, et après chaque échec et chaque épreuve, s'essaie à de nouvelles genèses.

« Si ce renouveau, par miracle, parvient demain jusqu'à nous, il nous faudra nous y fondre avec une modestie nouvelle, réapprendre les plantes qui tuent et celles dont nous pourrons avoir notre nourriture, et partager notre domaine avec les êtres vivants qui, un jour peut-être, peupleront de nouveau la terre et le ciel. »

Pénétrés de ce qu'avait dit et annoncé le vieil homme, les congressistes le remercièrent, lui proposèrent même d'être le Président de quelque chose qui serait à créer dans une nouvelle perspective mais pour l'instant on ne savait pas trop quoi, simplement on était persuadé que ce serait nécessaire.

Il refusa, avoir vu quelque chose et l'avoir rapporté ne lui paraissait pas a priori lui donner les compétences indispensables pour en gérer les conséquences.

Alors, comme il était midi passé on alla déjeuner. Avec des plats composés d'extraits de naphta, encore pour cette fois. Plus tard, peut être, on pourrait revenir peu à peu aux ressources naturelles d'autrefois.

Aujourd'hui on avait des préparations aux saveurs

de caviar et de langoustes grillées. Ce n'était pas si mal.

Assurément ce serait un bon repas.

Simplement on oublia d'y inviter le vieil homme.

MOI, L'ARAIGNÉE

Moi, l'araignée noire, blottie la nuit dans les charpentes, tissant une toile que, demain, la ménagère entortillera d'un tournis de son grand balai, heureuse serai-je alors d'y avoir sauvé cette fois encore ma précaire existence, je suis l'araignée maudite, haïe d'être velue et d'agiter tout ensemble huit longues pattes éparses lorsque je m'aventure, vite, d'une cache à l'autre, incertaine chaque fois d'avoir été vue ou non...

Car souvent sur nos murs, murs tout blancs des maisons d'aujourd'hui, une araignée perdue est une tache qui n'a plus deux secondes à vivre.

Je suis, moi, l'une des dernières araignées de maison. Comme j'aurais aimé être l'araignée du logis, tel le grillon qui chante dans la nuit et qui, dit-on, apporte le bonheur.

Moi je suis l'araignée muette à jamais qui ne crie sa terreur ou sa peine, ni ne chante sa joie d'être en vie.

Je suis une vieille araignée, emplie de sagesse, et je les ai vus, du haut de mon plafond, mes hôtes malgré eux, et je les ai entendus, jour après jour, et pour cela je sais.

Je sais les bêtes que l'on aime, les belles coccinelles rouges à pois noirs qui sont « les bêtes à Bon Dieu » et qui, pourtant, croquent à longueur de temps les innocents pucerons, et ces merveilleux vers luisants à la froide et magique lumière verte et dont on n'ignore plus qu'ils dévorent tout vivants les escargots des champs.

Comme j'aurais, moi, préféré pouvoir laper subitement le moucheron d'une langue habile, comme le fait le gentil lézard des murailles, et dont on s'émerveille, plutôt que de l'emmailloter laborieusement dans un cocon informe, puisque je ne sais faire autrement.

Que ne suis-je pas non plus une petite bête à fourrure, craintivement agrippée à son arbre, et dont le regard étonné est cerclé de si drôles de lunettes, entre deux oreilles toutes rondes.

Et vous qui toujours me chassez, que n'éprouvez-vous pas pour moi, un jour, un instant, la pitié, la même que vous montrez, je le sais bien, pour les grands animaux tristes, ceux que l'on aime et que l'on plaint, et que l'on veut sauver. Je veux dire les baleines des océans, et les éléphants des forêts, et les jeunes phoques tout blancs sur leur banquise et que souvent l'on voit, le soir, sur les écrans. Sans oublier, plus près de vous, vos chiens, que distraitement vous caressez au coin du feu, et vos chats aussi, que l'on pleure en chœur lorsqu'un horrible camion en a fait, par accident, une galette toute plate que l'on ramène à la maison enveloppée dans un journal.

Pourquoi tous ces gros, ces gentils, et pourquoi pas nous, les tout petits, les minuscules à six ou huit pattes qui rampons, marchons ou volons, tout noirs et pas beaux, c'est vrai, et les yeux pas faits pour qu'on y lise la détresse et qu'on s'y apitoie.

Nous qui vivons dans ce même air qui pourtant, nous est refusé, nous que l'on extermine d'un jet de cette effroyable bombe à main qui, à coup sûr, vaporise la mort.

Ce soir j'ai entendu : on va rénover la maison. Plus de coins douteux, désormais tout sera blanc, clair, inondé de lumière...

Où irai-je demain, moi qui suis l'araignée des maisons ?

ET SI L'AMÉRIQUE...

Et si l'Amérique, la grande Amérique, s'était trouvée tout entière enfouie, sans qu'on l'ait su, sous les fonds sous-marins...

1492

Depuis plus de deux mois maintenant, les caravelles de Christophe Colon voguaient de concert sur la mer Océane, vers des mondes inconnus.

Mais au terme de cette longue quête, nulle terre nouvelle n'était apparue au fond de l'horizon. Pas même un indice, pas le moindre rameau d'arbre des îles flottant entre deux eaux ni, dans le ciel, d'oiseaux égarés loin de leurs rivages.

Rien.

Les marins, dès lors, pris de la sourde inquiétude d'un retour incertain, avaient manifesté leur impatience et leur refus d'aller plus avant.

Alors Colon leur avait proposé un ultime délai, trois jours, à l'issue desquels, si rien ne s'était produit, on s'en retournerait vers les côtes espagnoles d'où l'on était parti, toutes voiles déployées, un matin d'août de cette année 1492.

Le troisième jour était venu, et jusqu'au soir, Colon avait scruté désespérément le ciel et la mer, et interrogé d’une voix angoissée l'homme de vigie dont il avait tant espéré qu'il clamât tout à coup le «terre !» tellement attendu.

Et l'équipage, de nouveau, s'était mis à grogner, à exiger, avec juste le respect qu'il fallait, que l'on s'en revînt avant qu'il ne fût trop tard.

Pourtant, ce soir-là, Colon sut être convaincant, plus qu'il ne l'avait jamais été. Toute la nuit il parla à ces hommes rudes qui avaient cherché l'aventure et avaient trouvé l'angoisse et la peur.

Il leur dit les pays enchanteurs où, immanquablement, on allait aborder au bout de la longue route. Oui, Cathay existait bien, tout au fond de la mer Océane, des marchands vénitiens y avaient vécu de longues années et en avaient rapporté de véridiques et merveilleuses histoires, simplement on allait y atteindre par un cheminement différent et qui, de plus, serait plus court.

Et l'on verrait là-bas les chinoises au teint de pêche et aux doigts menus qui avaient pour les voyageurs, c'était bien connu, de si douces manières.

Il sut si bien dire et évoquer qu'au matin on tendit les toiles et l'on s'élança pour un nouveau départ vers l'Ouest, ses splendeurs et ses voluptés annoncées.

Colon, chaque jour un peu, entretint ses équipages dans leurs rêves que jamais plus de velléités de retour ne vinrent dès lors contrarier.

Pourtant de longs mois passèrent encore, de douleurs et de peines acceptées, avant qu'un jour on ne croisât un étrange bateau aux voiles nattées, et monté par de petits hommes jaunes aux yeux bridés, puis d'autres encore, tous pareils et faits assurément pour la petite pêche, et des oiseaux aussi, de plus en plus nombreux...

Et par un matin radieux, enfin, apparut un rivage aux lointains incertains qu'estompait une brume légère.

On mouilla au large et l'on mit à l'eau les grandes barques du bord, dans lesquelles on s'entassa, et l'on accosta.

Sur la plage, de mignonnes créatures contemplaient de leurs yeux en amande ces grands hommes barbus et commentaient leur surprise en un pépiement aigu et chantant d'un parler inconnu.

Christophe Colon avait vu juste. On était parvenu à Cathay, la Chine mystérieuse et légendaire de ces temps anciens, et il n'y avait rien entre ici et les côtes espagnoles, rien qu'un immense Océan.

* * *

Aussitôt débarqués, Colon et ses marins furent invités très spontanément dans les familles du pays, et accueillis avec une courtoisie raffinée qui les surprit profondément.

On ignora, avec une civilité douce et souriante,

leurs façons frustes, et on s'émerveilla par contre de leur haute stature, comme de leur carrure, qui n'étaient point celles des petits hommes d'ici.

Et eux qui, pour la plupart n'avaient connu jusqu'ici que les bouges et la misère, furent conquis par cette vie si nouvelle que dominaient l'infinie patience et l'exquise politesse.

Ils goûtèrent là mille petits plats délectables, le riz léger que l'on façonne avec des baguettes en menues boulettes, et le thé parfumé. Ils s'y accoutumèrent fort bien et en oublièrent bientôt leurs brouets rustiques où l'on plongeait les mains à même la marmite et les vins épais de leur pays.

Certes ils ne trouvèrent pas l'or, que l'on était venu chercher, ou seulement en infimes quantités sous forme de bijoux très personnels que l'hospitalité reçue interdisait, même à ces hommes rudes, de s'approprier.

Mais en revanche les femmes étaient belles et douces, tout comme on leur avait dit, et ceci compensait cela.

On ne parlait plus de retour. Ces gens de mer trouvaient très naturellement leur place dans ce pays du bout du monde, où ils aidaient à des travaux infiniment moins pénibles que d'aller carguer les voiles dans la froidure et les tempêtes.

A l'inverse, la route depuis les côtes d'Espagne s'était révélée d'une longueur d'éternité. Chacun pensait qu'on ne la referait pas sans échapper, cette fois-ci, aux périls auxquels tant de fois déjà on s'était exposé à l'aller.

Et pour ceux qui avaient laissé là-bas femme et enfants, ce ne serait qu'une absence plus longue et plus définitive que celle à laquelle ils les avaient de toutes façons habitués.

Colon lui-même s'interrogeait. Certes on lui avait concédé, et point de trop bonne grâce il fallait bien s'en souvenir, des honneurs, et une part des richesses qu'il aurait découvertes. Mais de celles-ci, c'était certain, il n'en ramènerait pas autant et d'aussi grande valeur qu'on avait pu le penser au départ. Et cela, assurément, serait mis en avant pour lui réduire, peut-être même à rien, les avantages si difficilement obtenus.

Et Colon savait trop, par ailleurs, l'inconstance des souverains. Pour être resté trop longtemps absent de la cour il redoutait les intrigues et les jalousies qui arrivent à détruire même les plus méritants, sans qu'ils aient la possibilité de s'en défendre. Il s'était vu en songe chargé de chaînes à son retour, et jeté au fond d'une geôle, et ce rêve avait pour lui valeur prémonitoire.

Alors il resta.

Et ses compagnons restèrent avec lui.

Ils firent souche et il y eut bientôt dans le pays des petits enfants au teint un peu plus blanc et aux yeux plus ronds, mais ces particularités se réduisirent très vite avec les générations suivantes jusqu'à, peu à peu, se fondre et disparaître complètement.

* * *

Dans le même temps, en Castille, Ferdinand et Isabelle, les Rois Très Catholiques, étaient tout à leur victoire complète et définitive sur les Maures, et à la reconquête de Grenade. Ils n'eurent qu'une pensée furtive pour cette flottille de caravelles qui était partie depuis de longs mois déjà à la recherche d'un passage par l'ouest vers les Indes. Ils n'en avaient jamais eu de nouvelles et probablement n'en auraient-ils plus maintenant. Ces nefs et leurs équipages avaient dû sombrer dans quelque tempête, ou alors ce que l'on disait était vrai, tout au bout de cette vaste mer il y avait un gouffre où notre monde s'arrêtait et où ils s'étaient alors abîmés, corps et biens...

Entre Florence et Séville, un cartographe nommé Amerigo Vespucci n'eut ainsi jamais l'occasion d'attacher son nom à une quelconque découverte, et il mourut ignoré sans laisser de trace dans l'histoire.

Londres, mai 1992.

Lord James R. De Roscoë, ministre et homme d'état était venu ce soir-là au Pop Club où il avait été invité pour y animer une causerie « au coin du feu ».

L'assistance, suprêmement choisie et installée dans de profonds fauteuils, goûtait par avance ces instants très privilégiés et riches de propos de haute tenue qui lui étaient promis.

Le sujet de la causerie: « L'ensemble du monde ».

Pas moins.

Lord De Roscoë était très à l'aise dans ce cadre où il pouvait pleinement et à son gré pratiquer le paradoxe où il excellait, l'allusion légère, et cet humour qui ne se conserve plus guère, pur et vivace, que sous les brumes londoniennes.

D'entrée, Lord De Roscoë retraça la configuration générale du globe, bien qu'elle fût bien présente à l'esprit de tous les membres présents. Il devait donc pour cela avoir un but particulier et on attendit.

Il rappela tout d'abord les bouleversements qui avaient affecté le monde en ce milieu du XXème siècle simultanément en Europe et en Asie pour aboutir à la situation actuelle.

Cela avait commencé avec ce dictateur d'origine autrichienne, on s'en souvenait, dont les armées avaient submergé l'Europe, Russie comprise, sans jamais y avoir rencontré d'opposition véritable. La vieille Angleterre, seule, avait échappé à l'étau. Aujourd'hui bien esseulée elle était déjà très satisfaite d'avoir dans l'affaire conservé, une nouvelle fois dans son histoire, indépendance et isolement qu'aujourd'hui, grâce à Dieu, on ne lui contestait plus. Ce n'était pas le cas des vieux pays européens qui vivaient depuis ce temps sous un poigne de fer que rien ne paraissait devoir un jour interrompre.

Du moins, sous la discipline et l'autorité natives des états dominateurs, les multiples problèmes ethniques qu'avait connus auparavant l'Europe des petites nations avaient-ils été ainsi résolus.

Dans le même temps l'armée japonaise, forte de son invincibilité jamais démentie à ce jour, avait assujetti progressivement l'ensemble de l'Asie où elle comptait trouver les territoires et les ressources stratégiques qui lui manquaient.

Quelle grande puissance aurait pu alors stopper l'ascension irrésistible de ce pays fort et fanatisé, et dont, d'ailleurs, les peuples qu'il occupait acceptaient d'autant plus la suprématie qu'ils se considéraient comme frères de race au regard des barbares à face blanche qu'ils avaient connus auparavant.

Et, coexistant face à ces deux grands blocs, la Grande Bretagne éternelle, bien sûr, avec ses territoires associés répartis aux quatre coins du monde, et n'ayant nulle envie, et d'ailleurs guère la possibilité, de jouer les sauveurs.

Ses propres problèmes lui suffisaient, au regard de ses nombreuses possessions et comptoirs d'au delà des mers, où, parfois, il lui fallait envoyer quelque canonnière pour y faire régner l'ordre et assurer la paix et la liberté, fût ce par la force bien comprise.

Avec, fallait-il le rappeler, l'Irlande toute proche, turbulente et surpeuplée, aux famines endémiques et sans la possibilité d'exutoire, et que pour cela on avait bien essayé de persuader de demander son autonomie mais qui s'accrochait avec une belle unanimité au parrain britannique.

Un jeune invité s'exclama :

« Quelle misère d'atteindre aujourd'hui à ces problèmes de surpopulation alors qu'à l'Ouest existe, au large de nos côtes, cette immense étendue d'eau vide de toute terre ! Quel gâchis, et quelle aberration de la nature ! »

Tous les regards se portèrent sur la planisphère, fixée au mur. On y voyait, incongru au milieu d'un tissu de terres et d'îles entremêlées, un vaste espace bleu qui s'étendait, ininterrompu, de la Cornouailles jusqu'aux côtes de Chine et du Japon.

« Mais ne dit-on pas qu'il y eut là, jadis, un continent qui se serait abîmé dans les flots, lui rétorqua-t-on. »

« – Nous y voilà! répondit Lord De Roscoë. Cette découverte est récente, encore a-t-il fallu pour cela le hasard, ou plus exactement les prospections entreprises ces derniers temps par les grandes compagnies industrielles qui recherchaient d'hypothétiques gisements sous-marins pour que l'on y trouve et que l'on en remonte les premiers vestiges. Ceci, Messieurs, Mesdames, explique qu'on ne l'ait pas ébruitée jusqu'ici en raison des intérêts en jeu. Mais j'ai eu à ce sujet quelques confirmations que je dois à mes amis de la Société Royale de Géographie, et dont je ne vois pas de raisons de ne pas vous faire part. »

Lord De Roscoë poursuivit donc, et révéla que l'on découvrait maintenant là, au fur et à mesure des recherches, des témoignages d'une faune et d'une flore terrestres disparues, et qui avaient dû prospérer avant la Grande Tragédie. Les caméras sous-marines révélaient les restes de grandes forêts fantomatiques que dominaient des arbres tellement hauts et massifs que des siècles d'immersion ne les avaient pas entièrement décomposés. Et, dans la vase des grands fonds, on avait extrait et ramené les corps tout recroquevillés et momifiés d'hommes tannés, aux pommettes hautes et aux longs cheveux noirs.

Les repérages effectués laissaient penser que cette immense terre s'étendait alors, très loin vers l'Ouest, et dans sa plus grande largeur, sur plusieurs milliers de miles.

Et puis, un jour, elle s'était enfoncée au fond des flots en un gigantesque cataclysme. Cela s'était produit, croyait-on, il y avait une dizaine de siècles. Nul n'en avait rien su alors, dans notre monde chrétien où l'on ne s'aventurait alors guère au delà des rivages connus.

« Et voilà, conclut Lord De Roscoë, l'explication de ce grand vide océanique que vous contemplez sur cette carte, et que nous déplorons tous.

« Et maintenant, poursuivit-il, si vous le voulez bien, faisons un peu de prospective.

« Imaginons que ce vaste continent ait survécu, et qu'il étale aujourd'hui au dessus du Grand Océan ses prairies, ses montagnes et ses fleuves majestueux.

« Que croyez-vous qu'il en serait advenu, dans notre monde d'aujourd'hui ?

« – Il est certain, lança l'un des participants au colloque, qu'un jour ou l'autre on aurait découvert ce continent inconnu, et que par la suite les Européens en seraient venus à le peupler. Je les imagine attirés par quelque mirage de l'or, la découverte de champs de pétrole ou les perspectives de pâturages infinis.

« – Certes, coupa Lord De Roscoë, et je pense pour ma part que ces émigrants auraient été parmi ceux qu'aurait animés l'esprit d'aventure et d'entreprise ou qu'auraient poussés la misère ou la persécution.

« Dans ces conditions il me paraît certain qu'ils auraient formé une nation jeune, dynamique, aux sentiments généreux, et dont les vastes espaces offerts n'auraient point bridé le développement. Et les difficultés même qu'ils auraient eu à affronter en auraient fait, c'est tout aussi sûr, un pays fort et assuré de son destin.

« Je me plais maintenant à penser que les dictatures qui, au cours de ce siècle, ont asservi sans peine respectivement l'Europe et l'Asie auraient eu alors à compter avec la puissance de ce Nouveau Monde : celui-ci n'aurait-il pas entrepris d'en libérer les populations occupées, ce que nous ne pouvons envisager nous-mêmes ? Probablement, avec l'amour de la liberté qui est le nôtre, nous serions-nous tout au moins joints à lui dans cette noble tâche.

« Et cela me séduit d'autant plus que je pense bien que notre pays d'explorateurs et de prospecteurs aurait fourni le principal de cette population nouvelle. Et nos Irlandais, notamment, y auraient fait merveille !

« – Il parait tout à fait hors de doute, dit quelqu'un, que ce grand pays aurait été conquis par des Anglais, et il aurait été anglais, cela parait tout naturel !

« – Oui lui répondit-on, certainement, et cela aurait été très bien ainsi, mais le serait-il resté ? Ces jeunes nations sont si impulsives et si indisciplinées...

« – Dans ce cas il y a lieu d'espérer qu'ils auraient au moins conservé nos coutumes, et que l'on aurait continué à y parler notre belle langue.

« Dieu veuille toutefois qu'ils ne l'aient pas déformée, n'oublions pas que ce sont nos gens du commun qui auraient peuplé ce Nouveau Continent, et qu'ils n'y auraient sûrement pas amené l'accent d'Oxford.

« – Sans compter qu'il aurait pu s'y glisser quelques sujets d'autres pays, j'y vois des italiens qui ont coutume de fouiner partout !

« – Et notre cricket, l'eussent-ils pratiqué et conservé ainsi qu'il doit se jouer, sans y ajouter d'outrance et de démesure ?

« – J'en frémis !

« – En définitive, n'est-il point aussi bien que ce continent n'ait point survécu ? Je crains, à la réflexion, que nous en ayons eu des déceptions... »

Et un vieux Lord très digne conclut, péremptoire: « Oui! Ce continent déconcertant, il convient de le laisser où il est, tout au fond de ces mers où on l'a trouvé.

« – D'autant, ironisa Lord De Roscoë, que l'on ne peut vraiment pas faire autrement ! »

Et l'on passa aux alcools. Plus particulièrement ce jour-là on servit un de ces Bordeaux pour lesquels les anglais ont toujours une indéfectible affection et qu'ils ont le goût d'apprécier tel quel, hors de tout repas qui risque d'en contrarier les arômes. Celui-là, on l'avait décanté et aéré pour le temps estimé que devait durer la causerie. Et l'on sut gré à Lord De Roscoë de s'être tenu à ce temps, ce qui fit que la dégustation fut parfaite.

LOGO-DOGO

Le pays de Logo-Dogo avait jadis été colonisé tout comme ses voisins, sans jamais l'avoir souhaité. Simplement comme il n'y avait dans son sol ni minerai stratégique ni pétrole, et pas non plus de perspectives de cultures spécifiques qui puissent intéresser le marché mondial, il ne s'y était jamais développé d'agglomérations urbaines. Cela s'était donc traduit par l'installation d'une modeste ambassade, une école en bois et, sur les hauteurs, quelques villas où vivait une poignée de fonctionnaires européens.

Les deux communautés avaient coexisté sans jamais se mélanger et sans d'ailleurs se gêner le moins du monde, chacune menant son mode de vie à sa façon sans que l'autre vienne s'en mêler.

On disait bien qu'à la faveur de cette ignorance réciproque les vieilles coutumes continuaient à sévir impunément dans les villages. Mais allez donc y voir à l'intérieur de ce pays profond où nulle demande d'inhumation n'avait jamais été faite et où les médecins ne s'aventuraient guère, face à l'autorité pleinement reconnue des sorciers et des guérisseurs.

Et puis, un jour, Logo-Dogo fut atteint par la grande vague de décolonisation, sans l'avoir demandé, et sans d'ailleurs guère en avoir eu conscience.

Les villas se vidèrent et l'ambassade fut abandonnée aux scorpions et aux araignées géantes qui en occupèrent avec délectation les multiples recoins.

Le Dimanche, car cette pratique du jour du Seigneur où l'on ne faisait rien était l'une des rares pratiques conservées de l'époque du colonialisme, la population montait en famille dans la ville pour visiter « les ruines ».

Logo-Dogo eut, à l'ONU, un siège, mais celui-ci demeura inoccupé.

Chose étrange, il ne se révéla alors point d'apprenti dictateur pour canaliser les bienfaits et la manne que les pays riches dispensaient alors volontiers pour le plus grand profit des établissements bancaires teneurs de comptes occultes ou celui des marchands d'armements si utiles au maintien de l'ordre établi. Personne ne réclama rien, on était trop heureux de se retrouver entre soi dans les cases à toits de palmes.

De très vieux bateaux que l'on avait utilisés jusqu'à la fin pour de petits cabotages avaient été abandonnés au large des côtes lorsque les Blancs étaient partis.

Rongés par la rouille ils s'étaient enfoncés un à un dans la mer. Simplement ils se silhouettaient encore le soir dans le soleil couchant, et au matin ils n'y étaient plus.

On n'en fit point cas, mais bientôt les pêcheurs

virent que les langoustes et les homards pullulaient maintenant tout autour des épaves. Ils se gardèrent bien d'en répandre la nouvelle, sachant d'instinct que cela ferait venir les indésirables de l'autre bout du monde, sur leurs grands bateaux-usines. Mais dès lors les beaux crustacés, grillés sur les pierres plates, devinrent l'ordinaire des familles qui s'en délectaient tout au long de l'année.

Quelques vieilles guimbardes demeurèrent, qui s'ensablèrent peu à peu, et dans lesquelles les enfants venaient en grappes joyeuses se disputer la place « au volant » en hurlant des « brrrm brrrm... » plus sonores que nature.

Au bord des pistes abandonnées, les panneaux publicitaires qu'avaient plantés là de grandes compagnies américaines de coca et de cigarettes demeuraient, insolites, battus par le vent. A dire vrai, jamais ces produits d'une si intense notoriété dans tant d'autres pays n'avaient réussi à se développer ici. Et ce fut presque avec soulagement que les services marketing des maisons-mères se résignèrent à supprimer de leurs programmes d'actions ce marché décevant et incompréhensible..

En matière judiciaire, les Blancs, avant de partir, avaient affirmé de grands principes. Craignant notamment le caractère expéditif de la justice indigène, ils avaient tout particulièrement recommandé de toujours conserver toutes ses chances à la défense, dût-on pour cela admettre d'y subordonner l'application effective des peines encourues.

Ces recommandations avaient, dans une certaine mesure, été bien entendues, et on les avait même mises en pratique mais, bien sûr, à la manière d'ici. Ainsi chaque condamné, sitôt son jugement prononcé, retrouvait-il une nouvelle chance : on le plongeait, chevilles liées, dans le plus proche marigot. S'il échappait au crocodile il bénéficiait, sans autre forme de procès, de la rémission de sa peine. Et l'on n'avait plus ainsi à l'envoyer croupir dans une quelconque prison, dont on faisait dans tous les cas, l'économie.

C'était là de la bonne justice, et efficace, car le délinquant savait que s'il s'en sortait, il n'était pas certain d'en être quitte aussi heureusement une autre fois, alors il y regardait à deux fois avant de récidiver. N'était-on pas là dans le meilleur esprit de la justice préventive ?

L'état sanitaire du pays revint comme avant et il était difficile de dire s'il y avait lieu ou non de le déplorer. On troquait d'avance les maux de la civilisation des Blancs, crises cardiaques précoces, affections vasculaires et hépatiques, et autres accidents de la route, contre un retour des épidémies endémiques qui épargnaient dans une certaine mesure les adultes, mais prenaient leur tribut, il faut bien le dire, parmi les plus malvenus d'une enfance grouillante et, plus encore, chez les vieilles gens que guettaient sans cela la déchéance et l'ignoble décrépitude. Il n'était pas besoin dès lors, ou plus guère, de faire monter les vieux au cocotier, procédé qui révulsait d'ailleurs les Blancs, tout particulièrement depuis qu'un opérateur de télévision était venu en filmer les péripéties avec sa boîte à images. Afin de mieux sensibiliser le monde à la barbarie de ces pratiques d'un autre âge, il avait fait recommencer des scènes dont il n'était pas satisfait, si bien que cette année-là on avait en définitive manqué de vieux pour garder les troupeaux ou assurer les menus travaux.

* * *

Si les grands groupes d'intérêts industriels, politiques et financiers s'étaient définitivement désintéressés du Logo-Dogo, faute d'enjeux ou de ressources à exploiter, de généreuses associations se penchèrent sur le sort des malheureux habitants, ignorants des bienfaits de la civilisation.

Quelle misère de savoir qu'au lieu de vivre dans de grandes cités où tout était prévu et régenté, ils parcouraient la forêt en quête perpétuelle d'un gibier toujours incertain, croquaient à leur dîner de répugnants insectes grillés, et que les petits enfants vaquaient des journées entières dans la jungle, exposés aux piqûres des serpents et aux agressions des plantes vénéneuses.

Alors on se dit qu'il fallait faire quelque chose, et on le fit.

On créa tout d'abord une commission qui bénéficia d'emblée de crédits suffisamment importants pour que l'on puisse décider aussitôt l'envoi d'une mission qui irait sur place afin d'étudier comment on pourrait remettre ce pays déshérité sur la voie d'une modernisation humanitaire et efficiente.

On choisit pour cela des ethnologues, bien sûr, qui se mirent à cette occasion en congé du corps enseignant, mais aussi des aventuriers bien en vue du grand journalisme, quelques dames à l'inlassable et débordante activité, des jeunes gens dont on ne savait pas très bien comment discerner leur compétence en la matière, et de moins jeunes dont l'autorité affirmée et reconnue dans d'autres domaines contribua à les faire inclure dans le groupe.

Tout ce monde s'envola – spectacle transmis en direct par la Télévision à une heure de grande écoute – pour atterrir non pas au Logo-Dogo même, dont les infrastructures aéronautiques n'étaient plus entretenues depuis longtemps, mais sur l'aéroport d'un pays voisin.

De là, pour se rendre au cœur du pays Logo-Dogo, on monta une expédition, comme au temps des découvreurs et des premiers colonisateurs, avec des porteurs noirs chargés d'acheminer en un long défilé les nombreux bagages et les volumineux colis de subsistance de la troupe.

Par d'étroites pistes, que recouvrait parfois le rideau végétal de la forêt profonde, l'expédition s'enfonça ainsi en pays Logo-Dogo. Sa progression, assurément, était connue des indigènes dont on entendait au loin les successifs et lancinants roulements de tam-tam, et l'on redoutait de voir surgir à tout moment d'impressionnants guerriers tout bariolés et animés d'intentions mauvaises.

Le soir, on campait sous les tentes dressées, et les gens des villes montraient quelque appréhension des bruits et des cris terrifiants qui emplissaient la jungle sitôt la nuit venue. La protection de leurs porteurs noirs ne les rassurait guère, il était bien évident qu'en cas de péril ceux-ci s'égailleraient aussitôt dans la forêt, blêmes de frayeur. Mais il fallait « faire avec », et puis cela donnerait prétexte à de frémissants souvenirs à raconter au retour...

Enfin, un jour, on parvint, comme on l'avait prévu, au centre d'une modeste agglomération qui avait été jadis comme une capitale et semblait en tenir lieu encore. Les rares vraies habitations que jadis l'on avait aventurées là étaient submergées par la végétation, le toit transpercé par les branchages exubérants, portes arrachées et carreaux cassés par où se glissaient d'interminables lianes.

Une population d'hommes, de femmes et d'enfants, venus de plus en plus nombreux des cases avoisinantes, entoura bientôt la petite expédition. Les porteurs, nullement rassurés, demandèrent leur dû, qui leur fut réglé aussitôt, puis ils repartirent sans plus s'attarder, contre promesse d'être là de nouveau dans quelques jours pour le trajet du retour. Ce qui parut loin d'être assuré. Les indigènes ne firent point obstacle à leur départ. On sentait que ce n'aurait pas été le cas pour les Blancs qui étaient enserrés étroitement par la foule.

Nulle agressivité, pourtant, à leur égard, mais un immense sentiment de curiosité. Il y avait si longtemps que l'on n'avait eu de contact avec le monde des Blancs ! Les enfants, notamment n'avaient jamais eu l'occasion d'en voir, et ils écarquillaient leurs yeux tout grands en contemplant ces étranges visiteurs, couverts d'étoffes et bottés de cuir, certains coiffés de bizarres casques ronds tout blancs à rebord.

Des jeunes s'enhardirent jusqu'à palper si, par dessous les tissus, ces hommes et ces femmes venus d'ailleurs étaient comme eux.

Et parce qu'ils n'éprouvaient, par tradition, que fort peu de respect pour les femmes, ils se ruèrent sur celles-ci, dont plusieurs, malgré leurs cris et leurs tapes indignées, se virent bientôt à même de révéler, bien contre leur gré, qu'une fois privées de toute leur lingerie que l'on se passait ensuite de main en main avec une curiosité amusée, elles étaient faites, à la couleur près, tout comme les femmes d'ici.

Certaines, dans l'affaire, rosirent intensément, ce qui fut considéré avec émerveillement comme une faculté rare, analogue à celle des animaux qui, modifient à volonté la couleur de leur peau selon les circonstances et l'environnement.

On eut plus d'égards pour les hommes de l'expédition, considérés, eux, comme espèce supérieure. Il s'établit même avec eux un dialogue, alimenté de réminiscences d'un parler commun qui avait été celui de l'époque révolue de la colonisation.

Ce fut l'occasion pour ces envoyés de notre civilisation d'exposer les bienfaits et les particularités de celle-ci. Avec fougue ils parlèrent des grands ensembles où tout était prévu, des hôpitaux et des écoles, et des modes de transports qui permettent à chacun d'accéder à son usine où un emploi régulier lui vaut des ressources, et des congés légaux dont il peut user à sa convenance. Et de tant de choses encore au fur et à mesure qu'elles leur venaient à l'esprit.

La foule écoutait admirative. Non point tellement des perspectives qui lui étaient présentées et qui, à vrai dire, dépassaient sa capacité de représentation concrète, mais essentiellement de la force intérieure de ces étrangers qui avaient le pouvoir de faire se réaliser toutes ces choses extraordinaires qu'ils avaient annoncées, en plus de celui de changer leur visage de couleur, comme on l'avait vu.

Pour tout cela on se prenait à les envier. On aurait aimé avoir leurs pouvoirs, mais sûrement ils n'auraient pas enseigné leurs trucs, d'ailleurs toutes ces facultés merveilleuses devaient être en eux, tout simplement encloses dans leur enveloppe charnelle.

Alors bien sûr, et on y pensa aussitôt, il y avait toujours ce vieux rite ancestral qui permettait de s'approprier les qualités propres de son prochain...

On n'en dit mot, mais le vieux chef passa doucement sa langue entre ses lèvres, et chacun comprit.

Aussi, le lendemain, on convia toute la troupe des Blancs à un repas où on leur fit boire un breuvage qui les plongea dans un sommeil profond.

Ils ne s'en réveillèrent jamais.

Délicatement on les fit trépasser, on les débita proprement et on les mangea.

Lorsque cet acte fut connu du monde civilisé, il y eut des protestations indignées on dit avec force que les coupables seraient châtiés, mais les Jeux Olympiques débutaient alors, et l'on pensa à autre chose.

Ces réactions unanimes restèrent toujours inconnues des ressortissants de Logo-Dogo. Ils en auraient d'ailleurs été très surpris. N'avaient-ils pas, au contraire, en procédant comme ils l'avaient fait, témoigné d'une particulière marque d'estime à l'égard de ces hôtes merveilleux qu'un jour le Ciel leur avait envoyés ?

POUR CRIME DE SORCELLERIE

Elle se faisait appeler Drusella, mais ce n'était pas son vrai nom. Elle avait choisi celui-là pour ce qu'il pouvait apporter d'étrange et d'inquiétant au personnage qu'elle s'était composé dès sa venue dans le village.

Car Drusella était sorcière. Du moins voulait-elle passer pour telle aux yeux de ses concitoyens et voisins, ce qui n'était pas si difficile dans ce petit pays d'Europe Centrale de fin de vingtième siècle, perdu il n'y avait pas si longtemps encore dans ses superstitions et ses croyances populaires.

Enfant, déjà, elle avait rêvé de détenir les pouvoirs magiques que l'on évoque dans les contes, ou de connaître les recettes qui ont un effet bénéfique ou redoutable sur le destin des hommes. Elle avait alors jeté à profusion des sorts sur ses mauvaises camarades, qui ne s'en portaient pas plus mal, et sans plus de succès elle avait tenté, à grands coups d'incantations, de changer en crapauds ou en gros lézards verts les animaux familiers de la maison.

Puis, passé l'âge des jeux qui, l'imagination aidant,

avaient pu jusque là lui tenir lieu de réalité, Drusella s'essaya alors pour de bon à la pratique courante de la sorcellerie, mais elle dut convenir très vite que ses dons naturels n'allaient point jusqu'à lui permettre de réaliser les prodiges et les maléfices auxquels elle avait longtemps aspiré. Quant à conclure, à cette fin, un pacte avec le Malin, comme le faisaient, disait-on, les sorcières patentées, elle ne pouvait s'y résoudre, et n'aurait d'ailleurs pas trop bien su comment s'y prendre.

Qu'à cela ne tienne, si elle ne pouvait être une vraie sorcière, du moins elle s'en rapprocherait, et elle s'attacherait à en présenter surtout toutes les apparences. Cela lui parut follement passionnant, pratiqué en ces temps de modernisme où chaque foyer, ou presque, était pourvu de réfrigérateur et de télévision.

Comme elle tenait un commerce d’herbes et de plantes, et en avait fait pour cela des études passionnées. Elle avait ainsi tout loisir de composer des décoctions aux destinations mystérieuses, où la médecine souvent, n'avait rien à voir, et qui s'achevaient en bouillonnant dans de grandes cornues de verre.

Pour parfaire l'image de son personnage, elle gardait à ses côtés un chat noir que, bien sûr, elle appelait Belzébuth et, perché sur son épaule, un corbeau familier au regard ténébreux. Elle avait disposé en outre, bien à la vue des visiteurs, un assortiment de crapauds séchés, et des bocaux où s'entremêlaient des serpents lovés étroitement dans de troubles liqueurs vertes.

Tout cela inquiétait fort ses voisins, qui se le

racontaient, et qui, les soirs d'orage, scrutaient attentivement le ciel pour voir si, d'aventure, Drusella ne s'échappait pas vers quelque lointain sabbat, juchée sur un vieux balai de crins.

Pour elle, qui avait eu précédemment quelques démêlées avec son voisinage, comme souvent cela arrive dans les villages, la crainte qu'elle inspirait ainsi lui tenait lieu de vengeance, ce qui, au demeurant, l'amusait beaucoup.

Ses méfaits n'allaient point au-delà, même si parfois on lui attribuait quelque maladie inexpliquée qui frappait le bétail, ou l'arrivée inopinée d'un orage de grêle dans un ciel serein, mais sans oser lui en faire ouvertement grief.

Satisfaite ainsi de la vie qu'elle s'était choisie, ne devant rien à personne et, au fond d'elle-même, la conscience parfaitement en paix, Drusella fut donc extrêmement surprise lorsque, un matin, deux officiers de police se présentèrent chez elle et lui dirent sans préalables: « Madame nous avons ordre de vous arrêter, en vertu d'une action ouverte contre vous, pour crime de sorcellerie. »

* * *

Devant le procureur de la ville voisine chargé d'instruire l'affaire, Drusella, nullement inquiète, ironisa sur cette inculpation d'un autre âge qui venait de lui être signifiée. Celle-ci, lui révéla-t-on, provenait d'une plainte, ou d'une dénonciation si l'on préférait, à l'initiative d'une association de défense d'intérêts moraux, action par ailleurs parfaitement recevable dans l'état de la législation du pays en vertu d'une très vieille loi, oubliée depuis longtemps mais jamais annulée et qui, de ce fait, restait toujours en vigueur.

Drusella, excédée, répondit, provocante, aux questions qui lui étaient posées en confirmant ses actes de sorcellerie. Elle en ajouta même, inventant au delà du vraisemblable et laissant entendre pour le reste, des pratiques plus ténébreuses encore.

Le procureur, surpris de ces aveux spontanés, poursuivait son interrogatoire, sollicitant sa mémoire sur ce qu'il avait pu lire, en son jeune temps, des procès de sorcellerie. A ses côtés le greffier inscrivait le tout avec soin, nullement troublé par ce qu'il entendait et qui n'était pour lui que la relation d'un procès comme un autre.

Lorsque ce fut fini, le procureur relut les minutes de l'interrogatoire et les réponses qui y étaient consignées. Puis il les soumit à Drusella qui parut satisfaite de sa déposition au regard d'une accusation dont le ridicule lui paraissait tellement énorme. Elle approuva une dernière fois et signa l'acte, d'une écriture bien déterminée.

Ce fut alors qu'elle lança au procureur: « J'imagine que, maintenant que ces formalités sont faites, vous allez tout de suite faire un sort aux manigances de tous ces attardés ! » Mais l'autre la coupa net. Il lui expliqua que rien, dans ces textes en l'occurrence très précis, ne permettait de se soustraire à ces dispositions. Mieux – si l'on pouvait dire – ils punissaient de mort le crime de sorcellerie dès lors que celui-ci était bien établi, et ordonnaient même que dans ce cas le condamné soit brûlé et ses cendres dispersées.

« Mais, répartit Drusella, quand même un peu inquiète, les jurés auront tôt fait de balayer ces monstrueuses survivances du passé !...

« – Il n'y a pas de jurés en matière de sorcellerie, précisa le procureur. On suit là une procédure particulière, définie à l'époque de façon bien précise, et qui n'a jamais été abrogée. Et sachez que je n'ai moi-même dans ce domaine aucune latitude d'appréciation, que j'ai l'obligation de faire appliquer intégralement la loi, et qu'il n'est pas prévu de possibilité d'appel.

« Je peux au mieux atermoyer, différer pour des compléments d'enquête, mais là aussi je me heurte à des délais, d'autant que les faits sont bien confirmés, vous les avez vous-même certifiés de façon catégorique, Madame, dans quelques mois au plus tard vous serez brûlée.

« – Enfin, s'affola Drusella, qui se demandait à cet instant si elle ne faisait pas un cauchemar, aujourd'hui on ne brûle plus. Et dans de nombreux pays on ne tue plus guère non plus, et même si l'on a tué soi-même, ce qui n'est pas du tout mon cas ...

« – Chaque pays, Madame, a ses lois propres, et les nôtres sont très formalistes, c'est vrai, mais même si parfois elles nous paraissent bien sévères, nous nous devons de les observer, c'est un devoir auquel nous ne pouvons nous soustraire, tout autant vous pour vous y conformer que moi pour les faire appliquer. Comprenez moi bien, je dois faire fi de ce que je pourrais moi-même en penser, et croyez que j'en éprouve en ce moment bien du tourment ! »

On ramena Drusella dans sa cellule. Elle était comme assommée par ce qui venait de lui être brutalement révélé. Elle dormit mal, se réveilla souvent, espérant chaque fois qu'elle revenait d'un mauvais rêve, mais non, la réalité s'imposait aussitôt à elle, dans toute son invraisemblable atrocité.

Les geôliers savaient. Ils avaient pour elle des égards particuliers, par compassion, peut-être, mais inspirés aussi pour certains par la crainte des pouvoirs redoutables qu'on lui attribuait. Elle se gardait pourtant bien, maintenant, d'en faire étalage, d'autant qu'elle n'avait, et pour cause, aucune illusion sur le secours qu'ils pouvaient lui apporter dans les circonstances présentes.

Les semaines passèrent, entrecoupées de comparutions auxquelles Drusella se rendait sous étroite escorte. Elle essaya bien, en ces occasions, de revenir sur ses premières déclarations, expliquant qu'irritée par des accusations qu'au premier abord elle avait jugées ridicules, elle avait tout inventé, et en avait même rajouté dans le feu de la colère, mais qu'elle était une simple et modeste ménagère, se déplaçant en bus comme tout le monde, allumant tout bonnement son fourneau avec des allumettes et ne faisant point d'autre magie que de préparer ses sauces, qu'elle ratait d'ailleurs régulièrement.

Tout cela fut consigné, mais ne put effacer ses dépositions initiales, elle le vit bien.

Alors elle demanda si, puisqu'il ne semblait pas être question d'échapper à la loi, on ne pouvait du moins abroger celle-ci en haut lieu, en faisant vite, bien sûr ... Mais on ne lui laissa rien espérer, il y avait en ce moment tant d'affaires en cours, et puis l'appareil législatif était si lourd, et surtout son histoire ne mobilisait guère l'opinion publique.

Seule dans la vie, Drusella ne recevait point de visites, et n'avait donc guère de contacts avec l'extérieur, si ce n'était par son avocat qui lui avait été désigné d'office.

Elle savait ainsi par lui que la presse avait parlé un peu d'elle, que l'on s'était ému, mais que cela n'avait pas été très loin, il y avait alors tant d'autres événements où le peuple trouvait motif à s'apitoyer et à souhaiter clémence ou compassion, d'autant plus qu'en cela, souvent, une mode chassait l'autre et que l'engouement d'un moment était vite oublié au profit d'un intérêt nouveau qui, lui aussi, ne durait qu'un temps.

D'ailleurs un professeur de bonne notoriété avait publié sur son cas un exposé très étayé dont il ressortait à l'évidence que pour ce type de délit, qui était défini comme un crime et d'une nature toute particulière, il n'y avait pas d'échappatoire possible, et que c'était très bien ainsi, sinon que resterait-il de la nature contraignante de la loi ? Quant à aménager celle-ci pour l'adapter au cas présent, c'eût été admettre que l'on pouvait dès lors la moduler au gré des circonstances, et cela bien évidemment, c'était impensable.

Aussi, lorsque Drusella, enfin, fut jugée, l'émotion était retombée et l'on n'en parla guère. L'audience fut rapide, et conforme à ce qu'en avait laissé entrevoir le procureur. Et, malgré la plaidoirie de l'avocat qui en l'état de la législation ne se faisait guère d'illusions, Drusella fut effectivement condamnée à être brûlée vive selon des modalités bien précises et définies par des décrets vieux de plusieurs siècles.

Elle était jeune encore et, considérant son corps et le merveilleux mécanisme qui l'animait, ses longues jambes et ses mains délicates, elle songeait avec une horreur insupportable que tout cela allait bientôt être détruit par le feu, et que plus rien, dès lors, ne subsisterait d'elle, qu'un peu de poussière mêlée aux cendres du bûcher.

Par dérision, et pour balancer un peu, si peu que ce fût, son intense sentiment d'angoisse, elle se disait qu'ainsi elle accomplirait jusqu'au bout son destin de sorcière. Son destin « pour rire » s'achèverait ainsi dans sa réalité tragique.

Les jours et les nuits passèrent. Drusella vivait chaque soir dans l'appréhension croissante de l'aube qui allait suivre. C'était alors, elle le savait, que l'on venait chercher les condamnés pour leur ultime voyage et, au cœur de la nuit elle se réveillait brusquement, moite de terreur et restait éveillée, guettant les bruits, jusqu'au matin. Et puis chaque fois que le soleil était haut levé elle se disait qu'elle avait encore un jour de sursis, un jour de plus à vivre, probablement pas plus, et le lendemain lui apportait un nouveau répit, comme un cadeau inespéré.

Ce ne fut pas pourtant par un petit matin blême, mais en milieu d'après-midi qu'un jour, enfin, elle entendit des pas se rapprocher dans le couloir. Non pas ceux, traînants, des geôliers effectuant leur inspection coutumière, mais la marche assurée d'un petit groupe à l'intention précise et qui, bientôt s'arrêta devant sa cellule. La porte s'ouvrit et l'un des hommes, restant dans l'encadrement, détendu, presque jovial, lança à Drusella : « Nous venons vous emmener, nous avons pour vous de bonnes nouvelles... »

Il ne lui en dit pas plus. On sortit de la prison, toujours sous escorte, et l'on emprunta la camionnette avec laquelle, déjà, on avait pris maintes fois le chemin du Palais de justice.

Là, elle crut à un rêve en entendant le juge lui exposer que non seulement elle ne serait pas exécutée, mais qu'elle allait bientôt être libérée.

Il était apparu, en effet, que le jugement pris à son encontre contrevenait à un texte tout aussi ancien et toujours en vigueur et qui, lui, interdisait formellement sur le territoire du pays toute pratique ou velléité d'incinération. Certes, cette dernière disposition répondait probablement à l'époque à un motif, religieux ou coutumier, on ne savait trop, qui n'était plus de mise aujourd'hui, elle n'en avait pas moins toujours valeur de loi et il devenait dès lors impossible de concilier l'un et l'autre des textes. Et comme ce type particulier de châtiment prévu en matière de sorcellerie ne se négociait pas, il aurait été tout aussi inadapté d'en modifier la nature ou la portée, et l'on avait en conséquence renoncé purement et simplement à l'appliquer.

Le juge ajouta, plus certes pour lui que pour Drusella à qui il s'adressait: « Quand même ! Si l'on pense à tout ce travail effectué, l'instruction, la tenue du procès, les actes ... et tout cela, en définitive, pour rien ! Enfin pour vous, c'est un bon dénouement, c'est l'essentiel ! »

Mais il y avait, dans sa voix, comme un regret.

Drusella fut libérée. Dans la semaine elle réalisa ses quelques biens, quitta le pays et émigra aux USA qui est, comme chacun sait, la terre de toutes les libertés. Elle y avait, dans l'état d'Oregon, une cousine avec laquelle elle avait toujours correspondu, et qui l'accueillit très volontiers. Là, une administration cherchait une traductrice. Drusella eut le poste, ce qui lui valut une carte de séjour, et elle s'acclimata sans problème au « way of life » américain.

Pourtant, un jour, ses vieux démons la reprirent. Sa vie banale et désormais sans relief ne la satisfaisait pas, et elle imagina de se donner, tout comme autrefois, des airs de sorcière par les moyens et la pratique de la magie.

Cela n'en aurait que plus de saveur dans ce pays de froide réalité et ce serait cette fois, pensait-elle, à bien moindres risques.

Devenue prudente, elle jugea bon, toutefois, de bien se faire confirmer que rien, dans les lois et règlements en vigueur, ne viendrait y faire obstacle. Elle se rendit donc, pour cela, à la « Town House », consulter les services municipaux.

Là, un petit employé chauve à binocles l'accueillit. Courtois et nullement ému par le côté assurément insolite de la demande de Drusella, il se plongea dans les textes, feuilleta, chercha, et tout à coup eut un petit cri de satisfaction. Oui, il existait bien, dans le comté, un édit, fort ancien, qui réprimait les actes de sorcellerie.. Certes, on voyait mal qu'il puisse être appliqué de nos jours, et pourtant jusqu'ici il n'avait jamais été rapporté.

L'homme, réjoui de ce qu'il avait trouvé, se tourna vers Drusella et, pour elle, ajouta : « Vous savez, cela n'est pas si surprenant, nous avons un tel passé, dans notre petite ville de Salem, ... et tellement chargé en histoires de sorcières et de sorcellerie ! »

LA BALLADE DE MOBOTO

Connaissez-vous le WANDANA ?... Mal ?... Ce n'est pas surprenant : il s'agit d'un des multiples petits pays qui s'égrènent tout au long de la côte africaine et qui ont tous, ou presque, pour capitales des villes minuscules aux noms imprononçables.

Certes le tourisme commence à s'y développer, mais bien timidement en raison du manque d'équipements adaptés et de l'ignorance qu'en ont encore les agences de voyages.

Et pourtant on trouve ici tous les attraits de l'exotisme, et notamment de longues plages de sable blanc bordées de cocotiers qu'agitent mollement les vents alizés.

C'était là, dans un village du bord de mer, qu'était né Moboto. Il vivait, heureux, dans la paillote familiale à la toiture de palmes. Toute proche était la plage où, chaque matin, il allait se plonger avec ses amis de toujours, pas trop tard pour profiter encore de la fraîcheur, ni trop tôt parce qu'il n'y avait aucune raison pour presser le temps.

C'étaient alors là des joies et des rires, et de longues parties de chasse aux crabes fuyant, affolés, sur les larges étendues de sable, des plongées folles, et puis des haltes où, réunis, on buvait le lait d'une noix de coco toute fraîche que l'on venait d'ouvrir.

Bientôt Moboto put se joindre aux grands qui partaient, sur les longues pirogues, assurer la pêche du jour et revenaient dans la soirée, accueillis dans l'euphorie générale par tout le village attroupé.

Le soir, on se retrouvait au bord de la plage où l'on faisait griller des mérous prélevés sur la pêche, on riait et on chantait les vieilles chansons au rythme des instruments en bois des îles, et l'on dansait longuement dans la nuit, jusque très tard puisque le lendemain rien ne pressait.

* * *

Cécilia était blonde, mince, ses longues jambes élancées sous le bermuda couleur de verdure.

Elle faisait partie, à titre de documentaliste, d'un groupe d'ethnologues venus effectuer en pays Wandana une mission d'étude dont la finalité apparaîtrait lorsque les conclusions en auraient été interprétées et exploitées selon une méthodologie adaptée que l'on n'avait pas eu le temps encore de bien dégager.

Dès les premiers contacts avec la population du village, Cécilia avait distingué Moboto et su discerner en lui des qualités et des possibilités latentes, prêtes à s'exprimer si un contexte favorable venait à se présenter. Elle sut aussi qu'il avait fréquenté la petite école et qu'il y avait bien appris, et elle admira au passage que toutes ces bonnes dispositions soient contenues dans une enveloppe qui était par ailleurs fort plaisante à contempler. Car Moboto était beau, incontestablement, sous sa peau d'ébène que faisaient jouer ses longs muscles souples.

L'idée vint alors à Cécilia d'être l'envoyée du Ciel qui offrirait au jeune Noir l'opportunité d'une promotion sociale inespérée. Elle en parla aux membres de la délégation dont l'enthousiasme à cette proposition fut sans réserve, et assorti de considérations généreuses par lesquelles chacun trouva l'occasion de témoigner ainsi à bon compte de la noblesse de ses sentiments.

Cécilia en entretint alors Moboto qui fut perplexe, n'ayant aucune idée de ce qu'était la vie, là-bas, au pays des Blancs, mais n'ayant point de raisons de refuser il acquiesça en définitive bien volontiers. Elle lui parla alors de ce que pourrait être son existence nouvelle, des ambitions qu'il aurait tout loisir de satisfaire et de la chance qui lui était échue, ajoutant qu'elle-même serait là pour y veiller et l'y aider.

Pour mieux le mettre en confiance, elle se faisait douce, confidente, petite sœur du grand enfant noir, qu'elle cajolait alors avec un dévouement dont en l'occurrence l'intention était, pour elle, toute caritative.

Et ce fut ainsi qu'un soir, sous les bruissements légers des grands cocotiers, Moboto prolongea tout naturellement un geste de Cécilia qui se voulait simplement et gentiment affectueux, et celle-ci, ne trouvant pas motif à refuser à Moboto cette compensation à l'égard des peuples longtemps opprimés, s'abandonna à lui avec une langueur toute tropicale, les yeux fixés sur la très belle constellation de la Croix du Sud.

Le jour du retour, donc, on emmena Moboto, sommairement équipé de vêtements européens importés de Hong-Kong et décrochés sur le marché local.

Arrivés dans la grande ville, Cécilia installa Moboto chez elle où, dès lors, tout naturellement, il vint à partager sa vie.

Cécilia ne s'était pas trompée : Moboto, était doué... Elle n'eut pas de difficultés à lui faire obtenir une bourse et il put suivre une formation accélérée qui lui permit d'obtenir un petit emploi dans les services d'entretien d'une grande entreprise.

Certes il lui fallait, pour s'y rendre, traverser la ville, se lever pour cela de bon matin et effectuer en métro un long trajet, le nez écrasé contre la vitre sous la pression d'une affluence qui, de station en station, devenait de plus en plus dense.

Bientôt, bardé de moufles et de bottillons fourrés, engoncé dans un gros pull dont le col était remonté jusqu'aux oreilles, Moboto aborda la mauvaise saison dont là-bas, en Wandana, on n'avait qu'une bien faible idée, et même le plus souvent pas d'idée du tout.

* * *

Deux ans avaient passé depuis l'arrivée et l'installation de Moboto dans la grande ville du pays des Blancs.

Un jour, Cécilia regagna son studio avec une brassée de brochures prises au comptoir d'une agence de voyages. Elle y avait choisi celles qui proposaient des destinations pour l'Afrique tropicale et plus particulièrement pour le Wandana : un Club de vacances venait de s'installer là-bas, en bord de mer bien sûr, et il offrait séjour et animations à un tarif encore raisonnable. Ce serait, proposa-t-elle à Moboto, une bonne idée que de s'y rendre pour les vacances prochaines.

On s'y décida, d'enthousiasme, le soir même et, quelques mois plus tard, Cécilia et Moboto s'envolèrent pour le Wandana, sous un petit crachin qui, ce jour-là, recouvrait toute la capitale.

Dès leur arrivée, les passagers, happés à leur sortie d'avion par une nappe de chaleur moite, furent accueillis par les organisateurs qui les conduisirent au village. Là, on les amena sous les paillotes, ce qui leur procura d'emblée un délicieux sentiment d'exotisme.

Moboto, lui, était un peu perdu, seul parmi les Blancs qui constituaient le groupe. Mais dès le début, puis durant tout le séjour, les animateurs s'occupèrent tout particulièrement de lui afin qu'il n'éprouvât aucune gêne à participer aux activités d'ensemble. Celles-ci étaient, par ailleurs, parfaitement menées, et bien dans le cadre de vie du pays. On se levait à son heure, ni trop tôt ni trop tard, ce qui était bien agréable pour tous ces citadins en rupture – pour un temps – de bureau, d'atelier ou de magasin. On s'ébattait à grands cris dans l'onde tiède, des pirogues étaient disponibles et ceux qui le voulaient pouvaient se prêter aux joies de la pêche, guidés en cela par de grands Noirs rieurs et suprêmement habiles.

Le soir, on se retrouvait le long de grandes tables où étaient servis généreusement de larges filets de mérous grillés. On s'essayait à chanter et, sous la conduite d'un orchestre venu, sous contrat, du village voisin, on apprenait les danses africaines.

La soirée se déroulait ainsi dans les cris et les rires, jusque tard dans la nuit.

Le séjour de Cécilia et de Moboto fut très réussi. Il leur parut se dérouler à une cadence déplorablement rapide, et bientôt arriva le jour du retour. On reprit l'avion qui, le soir même, atterrit sur l'une des nombreuses pistes illuminées du grand aéroport, sous une pluie fine qui laissait sur les hublots de longs sillages perlés.

Le lendemain on reprendrait le chemin du travail, dans la grisaille et parmi la foule. Mais dès maintenant on commencerait à économiser pour revenir au Village-Club, l'an prochain. Certes le séjour n'était pas donné, c'était normal et on le leur avait amplement expliqué: les chanteurs, les musiciens et les danseurs qu'il fallait rémunérer au tarif syndical, et les produits typiques, "bien du pays", que l'on devait faire venir d'ailleurs afin de satisfaire aux exigences sanitaires, même les noix de coco que l'on recevait soigneusement conditionnées et calibrées en cartonnages renforcés. Et l'on ne parlait pas, bien sûr, des contraintes de remplissage des avions qui s'exprimaient en coûts, tout s'additionnait pour aboutir aux prix que l'on savait.

Cela, Cécilia, et même Moboto l'avaient compris. Or Cécilia n'avait pas de ressources importantes, et Moboto encore moins. Mais enfin si tout se passait bien, avec les primes et en se privant pas mal, on pourrait retourner au Club, pour trois semaines encore de mer, de soleil et d'ébats joyeux sous les cocotiers.

Si c'était trop juste on ne prendrait que quinze jours, ou bien on n'irait qu'une année sur deux, ce serait déjà ça...

LE GRAND SOIR

Des jardins de sa propriété de Saint Cloud, M. Leroy-Barret, attentif, écoutait la rumeur maintenant très perceptible qui montait de la capitale, ponctuée des détonations sourdes des grenades lacrymogènes.

C'était le septième jour d'agitation.

La veille on avait cru la situation un peu calmée, et puis aujourd'hui tout semblait s'être précipité.

La télévision, la radio, étaient aux mains de ceux que d'ores et déjà, et depuis quelques jours, on pouvait appeler les révolutionnaires. La police, ballottée entre l'accomplissement traditionnel de sa tâche et les attaques dont elle était l'objet, basculerait bientôt, c'était certain, dès que les responsables actuels seraient écartés de leurs fonctions.

Dans son usine, M. Leroy-Barret allait et venait sous les regards lourds ou, selon les cas, hostiles de son personnel. Inquiet des événements de la nuit, il s'ingéniait à n'en rien laisser paraître et à ne point modifier son comportement. Sporadiquement, le travail s'arrêtait, puis redémarrait, des réunions avaient lieu à tout moment, à toute heure, la hiérarchie à peine avisée ou même, de plus en plus, pas du tout.

Pourtant Alexandre, le portier de l'usine, seul peut-être, restait imperturbablement à son poste et M. Leroy-Barret qui avait plaisir à échanger à l'occasion quelques mots avec lui en éprouvait quelque surprise et, sur ce point au moins, un certain réconfort. Car Alexandre, depuis longtemps déjà, était affilié à l'on ne savait trop quelle organisation syndicale, et à ce titre il lui arrivait très régulièrement de s'absenter, mais pour des congés personnels très en règle, afin de participer à des stages ou à des réunions dont, à défaut d'autres précisions accessibles, le caractère très politique ne faisait aucun doute. Hors cela, il lui arrivait de plus en plus fréquemment de recevoir des visiteurs extérieurs que nul ne connaissait. Ceux-ci, en quelques mots, lui exposaient leur affaire, écoutaient avec déférence la réponse qu'Alexandre leur faisait, et repartaient aussitôt.

M. Leroy-Barret pensant que bientôt tout ou à peu près, lui serait confisqué, vendit sa propriété, malgré les protestations de sa femme et de sa fille, et eut encore la chance de trouver un acquéreur suisse persuadé que tout cela ne serait qu'une péripétie, et qui fut tout heureux de profiter à bon compte de cette occasion. M. Leroy-Barret s'installa dès lors, lui et sa famille, dans un coquet mais très anonyme pavillon de banlieue où il avait pris soin de faire apporter ses meubles un soir très tard pour plus de discrétion.

Au bureau il garait sa voiture un peu n'importe

où, dédaignant soigneusement, dans un souci d'ostensible égalitarisme, la place réservée à sa fonction et que se disputaient dès lors à l'inverse sans la moindre vergogne quelques uns parmi ses plus modestes collaborateurs.

Jusque chez lui son autorité devenait incertaine : sa femme, excédée, prônait la fermeté, et sa fille qui avait amplement milité durant ces derniers jours derrière les barricades taxait avec arrogance l'auteur de ses jours d'affameur du peuple et, sans épithète complémentaire, de bourgeois.

Et un matin tout craqua. La Révolution avait gagné et s'installa dans tous les secteurs. Les ministres et députés en place n'eurent même pas à démissionner ni à se désister de leurs charges, simplement ils se diluèrent dans les événements qui amenèrent, totalement inconnus la veille, de nouveaux chefs auxquels bientôt d'autres tout aussi inconnus, se substituèrent.

M. Leroy-Barret, en arrivant le matin, frappa à la porte de son bureau, appréhendant de trouver quelqu'un installé à sa place, mais son fauteuil l'attendait comme chaque jour, et tout était en ordre. La journée se déroula assez normalement, si ce n'est que quelques groupes d'individus conquérants, triomphants et soigneusement hirsutes, envahirent l'usine, passant pour ce faire devant Alexandre auquel, par indifférence ou mépris, ils ne prêtèrent aucune attention. Là, au nez des cadres et de la direction, ils clamèrent : « Le peuple triomphe ! » et : «Vous ne ferez plus de l'argent sur le dos des travailleurs... » et aussi : « Cette fois, nous ne nous ferons pas voler notre révolution !... », et ils tracèrent, en passant, nombre de graffitis.

Durant plusieurs jours, portant brassards noirs ou rouges marqués de sigles divers, ils investirent ainsi dans tout le pays usines et bureaux. Ils y créèrent de multiples comités d'action civique, qu'ils présidaient, et ils arrêtaient de plus en plus fréquemment la marche des usines pour y tenir des assemblées révolutionnaires auxquelles les ouvriers, ainsi rendus disponibles par les interruptions de travail, étaient fermement conviés à se rendre en masse.

A M. Leroy-Barret ils ne ménagèrent ni invectives ni menaces, chaque fois que l'occasion s'en présentait, mais cela n'alla pas plus loin.

Un jour ils pénétrèrent dans les salles de gestion et d'informatique de l'usine et y répandirent des flots de listings, piétinèrent des paquets d'imprimés éventrés au passage et surchargèrent de slogans les tableaux de marche.

De ce jour on ne les revit plus.

Et M. Leroy-Barret, lui, était toujours là. Lorsque, après quelques jours, il demanda très discrètement à Alexandre si, à sa connaissance, on aurait encore de ces intrusions, celui-ci répondit : « Non! ni ici ni ailleurs ! Cela nuisait au rendement du travail et nous devons au peuple de veiller à ne pas laisser dégrader un outil de travail qui, désormais, lui appartient. »

Dans le même temps Caroline Leroy-Barret, qui

avait beaucoup papillonné jusqu'ici dans les groupes d'action révolutionnaire, fut très surprise de recevoir un ordre d'affectation aux cantines de Butch & Baer Co. Offusquée, elle voulut faire intervenir son ami Eric Le Paultre, qui lui balaierait cela d'un revers de main avec ses amis des comités de rénovation civique, mais elle ne put le joindre: il était parti brusquement on ne savait où, et beaucoup d'autres avec lui. Enfin elle apprit qu'il avait été affecté aux mines de Liévin. « Mais enfin elles sont abandonnées depuis longtemps, tout le monde sait que ce qui en reste n'est pas rentable ! », s'exclama-t-elle. « La Guyane non plus n'a jamais été rentable, lui répondit la vois anonyme et impersonnelle qui l'avait informée, et pourtant elle a été bien utile... »

Caroline se rendit, le jour dit, aux cantines de Butch & Baer Co et y prit son travail dès le lendemain.

* * *

Au bureau beaucoup de choses, bien sûr, avaient changé. Il n'y avait plus de Conseil d'administration et des lois étaient prévues qui modifieraient, ordonneraient, indemniseraient (peut-être). Dans l'immédiat, des ordres venaient, précis et efficaces, après les désordres et l'incertitude du début, mais laissant généralement en place l'essentiel des structures de production.

Du remplacement de M. Leroy-Barret il n'était toujours pas question. Mieux, il fut convié à participer à des colloques de productivité et de qualité de travail, mis en place à l'initiative du nouveau gouvernement. Il y retrouva plusieurs de ses amis chefs d'entreprise, tout aussi surpris que lui d'être toujours en fonction, et même en quelque sorte implicitement confortés dans celle-ci. L'animation en était toujours assurée par un délégué qui précisa d'entrée aux participants ce que l'on attendait d'eux pour la sauvegarde du secteur d'économie qui leur était confié. Le mot d'ordre était notamment de sévir à toute velléité de désordre et on précisa bien que tous les moyens de remise en ordre, à cet égard, seraient bons. Et l'on aurait pour cela l'appui utile d'un gouvernement d'autant plus fort, désormais, et libre de ses actes, qu'il n'était plus question qu'il tire sa légitimité d'une quelconque consultation populaire.

Ce fut au retour d'un de ces colloques que M. Leroy-Barret apprit que son chauffeur avait été affecté à la manutention. Il n'en fut pas trop mécontent car depuis les derniers événements l'homme était devenu agressif et provocant à son égard. Il n'en fut pas trop surpris non plus et se résigna à ce qui semblait être une première opération de remise dans le rang.

Mais dès le lendemain un nouveau chauffeur était là, froid, déférent, d'allure très britannique, au volant d'une stricte et imposante limousine. Il descendit de voiture dès que M. Leroy-Barret parut, s'avança vers lui et lui expliqua : « J'ai reçu l'ordre de me tenir désormais à votre disposition et aussi à celle de Madame Leroy-Barret... » A la disposition de Madame Leroy-Barret, c'était dit sans ambages ! Précédemment c'était un usage admis, certes, et Madame Leroy-Barret ne s'en privait pas, mais cela n'avait jamais été dit aussi nettement.

Peu après, en arrivant à l'usine, toujours de très bonne heure, M. Leroy-Barret vit que des ouvriers repeignaient avec soin l'emplacement privilégié de parking qui avait été le sien. Mais bien plus large, les tracés plus prononcés, en quelque sorte plus hiérarchique qu'il ne l'était auparavant. Et les autres emplacements qui, jusqu'alors, l'encadraient étroitement, avaient été rejetés, tous sans exception, au fond de la cour.

Ce fut à peu près à cette époque qu'Alexandre lui proposa une carte du parti maintenant installé au pouvoir, lui faisant remarquer que cette faveur était strictement limitée aux élites de la nation nouvelle.

M. Leroy-Barret s'empressa de prendre la carte et d'en acquitter la cotisation, importante. Il ne tiqua nullement sur celle-ci, bien que son montant fût loin d'être insignifiant au regard de ses ressources salariales qui avaient sensiblement fondu avec le nouveau régime. Il est vrai que cela était amplement compensé par de multiples et importants avantages de fonction dont il avait été gratifié, et qu'il appréciait d'autant plus que ceux-ci, tout comme la carte, étaient également réservés à un petit nombre, il le savait.

Il en profita pour demander à Alexandre pourquoi, à son avis, non seulement il avait échappé à une épuration qui, au départ, lui paraissait bien inéluctable, mais encore on les avait, lui et nombre de ses amis ci-devant directeurs d'entreprises, considérablement confortés dans leur autorité et dans les moyens de l'exercer. Alexandre lui répondit, sans détours : « Nous avons l'assurance que vous serez les seuls à ne pas mettre le bazar : vous avez trop à vous faire pardonner et par ailleurs vous savez très bien comment vous y prendre. Quant à nous, nous gardons l'essentiel, c'est largement suffisant »

* * *

Une année avait passé depuis la révolution du printemps précédent. On fit savoir à M. Leroy-Barret que cela serait fêté, dans sa Société comme ailleurs, à la date anniversaire, et qu'il aurait à cette occasion à prévoir une petite cérémonie et, bien sûr, un discours de circonstance.

Cela, il savait le faire.

Il s'y attela, coucha ses idées sur le papier et commença à rédiger un texte. Certes il aurait pu fort bien parler d'abondance et sans notes, comme autrefois, mais il jugeait plus sage de conserver le mot à mot de ce qu'il dirait, car désormais les paroles exprimées ne « voleraient » plus, et resteraient, tout autant que les écrits, il en avait la prescience. Il constata alors avec satisfaction qu'il trouvait avec autant de facilité qu'autrefois les phrases-clefs correspondant à la situation. Il écrivit ainsi à la suite : « cette révolution qui est nôtre... une religion désormais commune à tous et qui s'appelle production... ne laissons pas briser l'outil forgé par les efforts et la sueur de nos parents... »

Puis, presque machinalement il lança sur le papier : « … issu , comme vous, d'une longue lignée d'ouvriers laborieux et d'humbles artisans, attaché dès mon plus jeune âge aux valeurs sociales les plus authentiques... » mais là il eut un instant d'hésitation. Cette affirmation n'avait jamais été de situation absolument pas, il le savait bien. Il la biffa.

Mais aussitôt, se fiant à son intuition qui toujours l'avait servi, soigneusement, il la rétablit.

Définitivement.

Tout à l'heure, ce qu'il venait d'écrire serait dit, et serait fixé dans la mémoire comme si cela avait toujours été.

Et M. Leroy-Barret eut subitement conscience qu'il allait alors accéder irrévocablement à la condition, ô combien nouvelle pour lui, de prolétaire, comme d'autres, jadis, entraient de la même façon en noblesse à l'occasion d'événements d'exception.

Et il en eut, bien malgré lui, comme une sorte de fierté.

CHAMPION

Juan PERDIDO pratiquait l'athlétisme, pour son plaisir et par goût personnel, mais il n'y avait point réalisé jusque là de performances remarquables. Il est vrai qu'il n'avait jamais recherché plus, sachant bien qu'il lui aurait fallu pour cela y consacrer de longues heures d'entraînement et consentir à des privations sévères et frustrantes pour un résultat qui eût été malgré tout fort incertain.

Son choix s'était porté sur ce qu'on appelait communément « le sprint court », entendez par là le cent mètres plat dont la brièveté lui convenait parfaitement et pouvait se satisfaire dans l'intervalle de présences épisodiques sur le terrain.

Il n'aurait par contre pas du tout aimé l'effort prolongé et la souffrance soutenue des courses longues, et encore moins la discipline précise et stricte des concours de saut.

Les classements qu'il obtenait dans les compétitions où il se produisait, pour le plaisir, lui importaient assez peu. Son agrément était surtout de ressentir en lui le déroulement fluide de la course, et plus encore l'aisance avec laquelle il pouvait assurer une puissante accélération dès qu'il avait coordonné ses premières foulées. Il pouvait alors vaincre irrésistiblement des adversaires qui, normalement, lui étaient très supérieurs, mais encore fallait-il pour cela qu'il en ait la ferme volonté.

Et pour lui c'était très bien ainsi.

Plus tard, lorsque ses performances commenceraient à décliner, il renoncerait sans regrets ni déchirements à l'athlétisme et à ses joies. Célibataire bien déterminé, il saurait alors trouver dans l'existence bien d'autres formes de plaisir et de jouissance dont, déjà, il se privait fort peu.

Mais jusque là ce moment n'était pas venu, bien au contraire.

En effet, parvenu à un âge où beaucoup avaient déjà « raccroché les pointes », comme on disait dans la presse sportive, lui-même voyait avec une grande surprise ses temps s'améliorer chaque jour, de façon particulièrement sensible, et sans qu'il eût à y porter un effort particulier.

Au début il pensa que ce n'était là que l'effet d'un état de grâce tout passager, mais bientôt il se rendit à l'évidence: d'une fois à l'autre il se sentait plus puissant, plus rapide, et il gagnait de plus en plus régulièrement les courses auxquelles il participait.

Son entraîneur, considérant son âge, ne lui avait jamais cru un avenir prometteur. Il ne s'était donc pas vraiment occupé de lui. Mais maintenant il considérait avec une sympathie amusée cet homme remarquablement mûr se mêler aux jeunots du Club, qui étaient passablement irrités de se voir proprement distancés par celui qu'entre eux ils appelaient « le Pépé galopant ».

Juan assumait d'ailleurs son âge avec coquetterie. Il s'était ainsi laissé pousser ostensiblement une barbe poivre et sel que certains jours il taillait discrètement en pointe, et que d'autres fois il laissait se répandre en une masse opulente qui flottait au vent des stades... Cela, certes, le distinguait dans les compétitions où il se produisait, mais indisposait singulièrement ses adversaires qui y voyaient à leur égard une manière de provocation qu'aggravait une réussite insolente autant qu'inexplicable.

Le suspectant tout naturellement de dopage, on le soumit très vite, et plus qu'à son tour, à des tests que l'on multiplia, mais on ne trouva jamais rien.

Juan avait largement entamé la quarantaine lorsque, par un beau dimanche d'été, il remporta une course locale avec une avance considérable. On consulta les chronos et l'on sut alors qu'il venait de battre le record national.

La compétition s'était tenue toutefois dans une petite ville, il n'y avait pas de chronométreurs habilités, et le record ne fut pas homologué.

On eut même, par la suite, des doutes.

La presse mentionna l'exploit mais avec des réserves prudentes, et en le confinant dans les rubriques régionales.

Juan n'en fut pas autrement affecté. Il venait à ce moment-là de connaître Maïa.

* * *

Dans le petit monde du Club, Maïa était une habituée. Petite créature vive et très plaisamment façonnée, elle aimait ce milieu où, en toute camaraderie, se travaillent les corps et se préparent laborieusement les lendemains triomphants.

Passant le soir, après sa journée faite, elle y servait au bar, pour rendre service, ou bien aidait à l'occasion aux menues tâches paperassières.

Elle n'avait jamais elle-même pratiqué vraiment le sport, seulement un peu, par-ci par-là, pour faire comme tout le monde ici, mais sans conviction profonde.

Voir évoluer et progresser les autres lui suffisait.

Certes elle n'était pas restée insensible à la proximité de tant de jeunes sportifs vigoureux, souvent séduisants et volontiers entreprenants. Au gré des circonstances et des occasions elle était ainsi passée de bras en bras sans trop se faire prier, parfois pour le charme, ou bien pour consoler un copain malheureux d'un échec, mais jamais jusqu'ici elle n'y avait attaché d'importance.

Il faut croire que Juan fut, avec elle, aussi convaincant qu'il l'était sur les pistes. Du jour où ils se connurent elle décida : ce serait lui, désormais, et nul autre.

Alors ils vécurent, très proches l'un de l'autre, saison après saison, sans se lasser jamais.

Dans cette aventure nouvelle, Juan prenait de plus en plus fréquemment ses distances avec la cendrée, mais il retrouvait ensuite chaque fois sans effort ses mêmes exceptionnelles dispositions.

Et enfin, un jour de printemps, ils se marièrent.

Fraîche et radieuse dans sa robe d'organdi rose, Maïa lui « rendait » bien un bon quart de siècle, mais qu'importait, au bras de son époux fringant que le temps semblait avoir oublié....

* * *

Cette année-là fut la grande année pour Juan PERDIDO.

Parce que cela plaisait à Maïa, il s'était repris à fréquenter sérieusement les stades, et il s'y révéla immédiatement parmi les meilleurs, sinon même bientôt le premier dans sa spécialité.

On ne put faire dès lors autrement que le sélectionner pour les prestigieuses épreuves de fin de saison. Certes cela paraissait ridicule d'y présenter un homme qui approchait maintenant de la soixantaine, mais il fallait bien admettre que ses performances le qualifiaient haut la main.

Alors Juan gagna tout, jusqu'au titre national qu'il remporta, au grand dépit de ses concurrents qui ne l'attendaient pas là, et à cette occasion il battit une nouvelle fois le record, avec aisance, et cette fois très officiellement.

Et Maïa vint elle-même, au pied du podium, porter une petite laine à son mari barbu, comme on le fait à un vieux grand-père afin d'éviter qu'il ne prenne froid....

Alors, brusquement, le cas de Juan inspira la chronique. Comment pouvait-on ainsi conserver intactes, et même améliorer des facultés qui déclinent normalement avec l'âge ?

De savants professeurs vinrent expliquer que le corps humain est ainsi programmé qu'il génère un capital organique et physique qui culmine au sortir de l'adolescence, mais que, par la suite, ce capital régresse inexorablement pour être réduit à peu de chose au soir de la vie.

Dans le cas de Juan Perdido, tout se passait comme si, d'une façon que l'on ne s'expliquait pas, ce programme avait déraillé et poursuivait au delà de la limite habituelle sa poussée énergétique. On pouvait considérer que c'était là une bizarrerie de la nature, une forme d'anomalie génétique comparable à tant d'autres. Simplement celle-ci enrichissait son sujet au lieu de lui être une source de handicap ou de misère. Après tout pourquoi pas ?

Ce fut alors la mode d'en parler dans les dîners, alimentée par les amples commentaires qu'en firent la presse et la télévision. Cela inspira des plaisanteries, et les époux vieillissants se prirent à espérer en secret pour eux-mêmes de semblables privilèges....

Maïa, qui avait, plus que Juan, le sens des affaires, sut tout de suite le profit important qu'il pouvait tirer de cette vogue insolite. Elle proposa, puis conclut pour lui divers contrats de publicité, certains fort avantageux et dont, le plus important, avec la Société BIO-DYM : aux termes de celui-ci, il apparaissait sur le petit écran, muni de son petit flacon de REVITAL 60. « Spécial 60 ans », précisait la Pub.... L'allusion était brève et discrète, mais terriblement efficace, et les ventes de REVITAL inondèrent le marché.

* * *

Cependant, sur les ondes autant que sur les stades, la notoriété de Juan Perdido dérangeait.

La percée du REVITAL avait plongé dans la gêne tous les concurrents de BIO-DYM, mais c'était plus encore parmi les hautes instances sportives que l'on s'inquiétait.

En effet les Jeux Olympiques d'été étaient proches maintenant, et la discipline la plus en vue en était précisément celle où Juan se produisait. Or de nombreux pays y avaient leur champion vers lequel, pour chacun d'eux, toute une nation portait ses plus fervents espoirs.

Les grandes chaînes mondiales de T.V. avaient pris de coûteuses options pour en retransmettre les épreuves finales. Ce devait être le triomphe et la fête de la beauté et de la jeunesse.

Quelle déception ce serait si l'on devait y consacrer la suprématie et la victoire de cet homme barbu de soixante ans bientôt révolus !

Et il fallait bien considérer que ses tout récents progrès ne permettaient nullement de pouvoir écarter cette calamiteuse hypothèse.

Alors, pendant qu'il en était temps encore, on se réunit discrètement et, après quelques palabres, on put dégager une forme d'arrangement qui semblait devoir mettre fin une fois pour toutes à cette situation insupportable.

Contre une rente importante, qu'on lui servirait tant qu'il en observerait les conditions, on proposerait à Juan de renoncer désormais à toute compétition quelle qu'elle fût. Et dans le même temps il déclarerait lui-même spontanément à la presse que cette décision était sienne, essentiellement, et motivée par son désir de se consacrer désormais pleinement à sa vie familiale.

Les ressources nécessaires à ces versements seraient assurées par les différents partenaires intéressés à l'affaire. La part principale, notamment, proviendrait d'un prélèvement sur les droits de certaines retransmissions télévisées à caractère sportif.

On fut pleinement d'accord pour ne pas tenir cachées les clauses générales de ce marché. Un jour ou l'autre elles auraient de toutes façons été révélées au grand public, et dans des conditions qui auraient alors à peu près certainement donné matière à scandale. Il valait bien mieux présenter cet arrangement au grand jour, très simplement, comme une sorte de retraite que l'âge de Juan justifiait d'ailleurs amplement; ce serait alors très logiquement que celle-ci serait assortie du versement d'une rente et, en contre-partie, de l'interdiction de reprendre ensuite l'activité qui y avait donné lieu.

La proposition était avantageuse. Elle agréa à Maïa et Juan l'accepta.

Dès lors il se garda de reparaître sur les stades, sinon parfois pour le plaisir, entre copains et en dehors de tout concours.

La publicité pour le REVITAL ne passa bientôt plus sur les ondes, et très vite Juan Perdido fut oublié.

Lui-même et Maïa avaient toujours conservé leurs activités professionnelles respectives, qu'ils accomplissaient avec conscience et compétence. Mais ce qui leur en était payé, à tous deux, pour leur travail effectif représentait alors bien moins que les sommes allouées par ailleurs à Juan pour ce qu'il s'interdisait de faire....

Le temps passa, et puis un jour ceux qui avaient admis de devoir verser cette rente à Juan se prirent à penser qu'ils pouvaient peut-être, maintenant, cesser de la lui payer.

L'âge devait avoir, enfin, affaibli les extraordinaires facultés dont il avait bénéficié jusque-là!

Il convenait toutefois auparavant de bien s'en assurer. Rien n'aurait été plus inopportun, en effet, que de laisser revenir sur la grande scène de la compétition un petit vieux aux possibilités demeurées intactes voire même encore accrues, parmi les athlètes adulés du moment.

Alors, prenant prétexte d'une manifestation de charité dans une modeste petite ville de province, on pria Juan de bien vouloir se produire, très exceptionnellement et avec l'accord de tous, dans un petit tour d'une course-démonstration qui resterait sans lendemain.

Juan s'y prêta de bonne grâce. Il apparut sur la cendrée en survêtement, fut ovationné longuement, puis courut, comme on le lui avait demandé.

Avec un vif plaisir intérieur, il retrouva sa foulée d'autrefois qu'il développa immédiatement, avec toujours la même efficacité.

Lorsqu'il fut parvenu, très vite, au bout de la ligne droite, on sut aussitôt que le temps réalisé était toujours au plus haut et les regards s'assombrirent, mais plus encore quand on vit Juan, sans ralentir, poursuivre tout aussi puissamment sa course dans le virage.... Il avait cru devoir effectuer un tour complet de piste, à cette allure cela devenait proprement délirant.

Alors définitivement on s'en tint là, et l'on continua à payer.

On continua même lorsque, des années plus tard, on pouvait voir Juan, parvenu à un âge avancé, faire au bras de son épouse attentionnée sa promenade sur le Mail, d'une marche mesurée et en s'aidant élégamment d'une canne.

Car avec lui on ne savait jamais....

Les laboratoires de biologie, eux, conservaient très fort la nostalgie de l'énorme succès du REVITAL. Leurs représentants qui démarchaient bien naturellement et très régulièrement les maisons de retraite cherchaient à savoir s'il ne s'y trouvait pas, parmi leurs pensionnaires, quelqu'ancien athlète qui aurait conservé des dons comparables à ceux de Juan Perdido.

Leurs directeurs eux-mêmes, qui ne doutaient de rien, leur recommandaient de dénicher de préférence un sauteur à la perche. Ce serait encore plus spectaculaire : ils voyaient très bien le flash que l'on en ferait, se profilant en contre-plongée sur fond de ciel bleu.

On trouva bien, de-ci de-là, quelques vieilles gloires des stades qui avaient conservé très clair le souvenir de leurs prouesses passées, et en faisaient volontiers à qui voulait les entendre, et même à qui ne voulait pas, d'interminables récits.

Mais on voyait très vite, à leur démarche hésitante, qu'il ne leur en était rien resté.

Il était maintenant bien évident qu'à la vieille et terrible loi naturelle de la jeunesse et de l'inéluctable déclin, Juan Perdido aurait été définitivement l'unique et extraordinaire exception.

Et dans le fond tout le monde en fut bien soulagé.

LE WER-ZEG-RIIM

(extraits de presse...)

(de « France-Presse », 5 avril....)

DES NOUVELLES DE SLOATIE
UN COURANT A LA DERIVE : LE WER-ZEG-RIIM

Depuis plusieurs jours déjà, s'il faut en croire les rapports de nombreux réfugiés en provenance de Sloatie, le Wer-Zeg-Riim, ce fameux courant glacé qui rendait incultes et difficilement habitables les régions de la côte Nord de ce pays, coule maintenant très au large, dévié par un immense barrage édifié en pleine mer. Celui-ci, long de plusieurs dizaines de kilomètres et s'appuyant sur un chapelet d'îlots qui prolongent le Cap Lotor, aurait absorbé des quantités colossales de matériaux, et aussi de main d'œuvre dans une contrée où les conditions de vie sont parmi les plus inhumaines que le Globe connaisse.

(de « Infos-Soir » ...)

Maintenant que la déviation du Wer-Zeg-Riim a été officialisée par une proclamation du Gouvernement Central de Sloatie, on ne peut qu'être frappé de stupeur par cette réalisation gigantesque que, seule, une planification dure et sans concessions, dans ce pays à structure hautement totalitaire, a permis de mener à bonne fin.

Mais on peut aussi éprouver quelque appréhension quant à ses éventuelles conséquences, notamment pour les pays qui vont subir ainsi de plein fouet la dérive du Wer-Zeg-Riim.

D'ores et déjà, la Sloatie est aujourd'hui montrée du doigt. On l'accuse clairement d'avoir contrevenu aux règles générales et bien établies de bon voisinage, observées même dans nos plus modestes campagnes, en altérant ainsi le cours naturel d'écoulement des eaux.

Et maintenant on attend...

(Communiqué de l'Agence A.A.A)

On annonce de V... que les côtes sud-ouest de Pérynésie auraient subi, ces derniers temps, un refroidissement sensible que l'on attribue sans hésitation à l'influence du Wer-Zeg-Riim rejeté, comme on le sait, par le grand barrage sloate.

Le gouvernement pérynésien a fait parvenir

aussitôt une note de protestation à la Sloatie, lui enjoignant avec insistance, et par tous moyens à sa convenance, de faire cesser ce trouble...

(du « Globe »...)

Après les rejets successifs par la Sloatie des trois notes pérynésiennes, la tension s'est considérablement aggravée entre les deux pays. La mobilisation générale parait imminente en Pérynésie, et la flotte sloate, qui était partie il y a peu de temps pour une croisière lointaine, a mis le cap vers ses bases.

On sait par ailleurs que la petite Principauté de Zircanie-et-Wahlsmaddt, qui étire ses paisibles vallons entre ses deux puissants voisins, constitue le seul obstacle à leur affrontement direct. Nul doute qu'en cas de conflit effectif elle serait balayée instantanément par l'un ou l'autre des belligérants, si ce n'est par les deux.

(de « Paris-Matin »...)

Les jeux sont faits, et rien désormais ne pourrait plus modifier l'ordonnancement des pièces.

Dimanche soir, sous la pluie qui battait l'aérodrome de Nawstradt, Monsieur Schmeeg, président du Conseil de la Principauté de Zircanie-et-Wahlsmaddt, descendait du Super Jet qui le ramenait de

New York. Happé par les journalistes qui se pressaient depuis le début de l'après-midi à la buvette de l'aérodrome, il a répondu à leurs questions ce que tout le monde savait déjà, c'est à dire qu'il avait obtenu du Conseil de Sécurité de l'O.N.U. des assurances formelles quant au soutien qui serait apporté à son petit pays en cas de conflit ouvert avec l'un ou l'autre de ses puissants voisins. Quant à en définir les formes et les modalités, on verrait plus tard, l'essentiel étant de ne pas précipiter les choses et surtout pas de risquer de généraliser un conflit qui n'était jusque là que potentiel.

Quoiqu'il en soit, aux yeux du monde, dans cette crise nouvelle qui prend maintenant la vedette de l'actualité, l'agresseur, le fauteur initial, c'est bien la Sloatie.

(du « Petit Canard » ...)

Ainsi il n'y a plus d'affaire Wer-Zeg-Riim.

Apparemment très embarrassé d'une notoriété qu'il n'avait point quémandée, et parfaitement conscient, semble-t-il, des graves perturbations que sa présence engendrait, notre désormais très célèbre courant a choisi de lui-même de partir vers d'autres horizons. Louons en l'occurrence sa grande sagesse, et demandons-nous si ce n'est pas là une nouvelle mode pour régler les futurs conflits de la façon la plus naturelle qui soit.

Que demain, par exemple, la question des Malouines se pose de nouveau et notre bonne vieille nature, si elle persévère dans cette voie, aura tôt fait d'une petite secousse sismique d'envoyer l'objet du litige par trente mètres de fond où il n'intéressera plus dès lors que les grands requins blancs. Et à l'inverse, un petit abaissement du niveau des eaux réglera du même coup l'éternel problème des Détroits et enterrera définitivement Suez et Panama sans qu'il y ait à y revenir.

(Léon Paris, dans France-Presse)

J'étais en Zéobie il y a trois mois, lorsque la première atteinte du Wer-Zeg-Riim s'y fit sentir. Je n'oublierai jamais l'ambiance de catastrophe qui y régnait alors.

« Pour nous c'est la misère qui s'annonce, se lamentait une vieille paysanne, les terres seront gelées, la récolte ne viendra pas et nous n'aurons même pas la possibilité de nous reconvertir. »

Depuis, heureusement, le courant a quitté les côtes de Zéobie pour s'en aller vers de plus lointains rivages, mais partout, à l'approche du courant maudit, j'ai pu constater la même angoisse, exprimée ou latente.

La Kalassie, longtemps inquiétée, semble avoir été préservée par la longue suite de récifs qui s'étirent très au large de ses côtes et qui ont agi comme une sorte de tremplin pour rejeter au loin l'indésirable, mais celui-ci a alors atteint l'Archipel des Wélizias dont les habitants consternés guettaient au bord de la plage l'arrivée, qu'ils pensaient alors imminente, des phoques et des pingouins.

Notre courant vedette ne sera cependant passé là que le temps d'une visite et, au grand soulagement des intéressés, il a repris son vaste mouvement tournant vers des destinations nouvelles.

Redouté à l'égal des grandes invasions et des épidémies du temps jadis, le Wer-Zeg-Riim, moderne apatride, erre lamentablement dans l'Océan à la recherche d'un but qu'il ne trouvera peut-être jamais.

(de « Eco » : le billet de Panurge)

LE COURANT ET LE SAUVAGE

Ainsi le Wer-Zeg-Riim a trouvé sa voie, et de la façon la plus inattendue qui soit.

Un naturel de l'archipel tropical des Bou-Bou allait faire ses ablutions sur la plage locale, lorsqu'en se trempant dans la mer il éprouva une sensation inconnue et absolument délicieuse. Il se hâta d'en faire part au village et bientôt toute une population Bou-Bou émerveillée pataugeait joyeusement en faisant connaissance avec une impression délectable et nouvelle : le froid.

Voici donc l'Archipel des Bou-Bou promis désormais à un bel avenir grâce à la singularité d'un climat unique. L’Agence « Vacances et Soleil » ne s’y est pas trompée en proposant pour son nouveau programme aux Bou-Bou « un climat tempéré sous le soleil tropical »

Et l’on dit que les pêcheurs de ces îles enchanteresses trouvent maintenant avec surprise et perplexité, dans leurs filets ou au bout de leurs lignes, des harengs venus de la Baltique et des morues descendues du Grand Nord.

De la Sloatie, honnie il n’y a encore pas longtemps, on ne parle plus guère, remarquons-le, sinon avec une bienveillance croissante.

A l’ONU on se réjouit de ce dénouement heureux et, dans le monde, le soulagement est général.

(du « Globe » ...)

« La Grande Ceinture de Velours », tel est aujourd’hui le nom évocateur donné à cette guirlande d’îlots auxquels le Wer-Zeg-Riim confère un climat si particulier.

C’est au cœur de celle-ci, dans l’île principale de Maka Liku, que vient de se dérouler une cérémonie fort sympathique au cours de laquelle a été conférée à la Sloatie la « Croix d’Azur », récompense de l’année en reconnaissance d’une action humanitaire remarquable.

Une délégation importante des plus hautes instances internationales s’y était transportée pour la circonstance; elle y avait rendez-vous avec le Président de Sloatie, Monsieur Zackss, accompagné pour l'occasion de quelques de ses proches collaborateurs et amis politiques, de sa famille et de sa manucure.

Monsieur Zackss s'est vu remettre au nom de son pays les insignes de cette distinction suprême, « pour sa contribution généreuse et essentiellement désintéressée à un meilleur équilibre des ressources humaines et géographiques en faveur des peuples déshérités »

Il a remercié avec émotion et a évoqué dans quel esprit hautement altruiste son pays avait effectivement délégué ce courant de chez lui pour apporter un peu de bien-être aux peuplades si attachantes de l'autre bout du monde.

On ignore qui, dans le même temps, a baptisé le Wer-Zeg-Riim du surnom autrement plus familier de « Dwiggy ». Celui-ci a été aussitôt repris d'enthousiasme par le public, fasciné par ce long fleuve marin qui parcourt les océans sans jamais mélanger ses eaux avec celles qu'il traverse.

(de l'Agence A.A.A. ...)

Dans la soirée d'hier, les festivités terminées, la délégation venue de Sloatie a regagné son pays, vidant du même coup toute une aile du Grand Hôtel M'Babada où elle était descendue. A l'exception toutefois de

Monsieur Zackzz qui a prolongé son séjour en vertu d'une invitation personnelle expresse qui lui a été transmise aussitôt qu'il a fait savoir qu'il l'accepterait volontiers si elle lui était faite.

Par souci d'austérité il n'aura retenu auprès de lui que sa seule manucure, à la grande satisfaction des photographes qui, depuis leur arrivée, ont eu l'occasion d'apprécier les qualités plastiques époustouflantes de la demoiselle. Monsieur Zackzz a cru bon d'expliquer que Wanda Wronsky, dont on a appris ainsi le nom à cette occasion, cumule ses fonctions d'esthéticienne déléguée à la Présidence avec celles de secrétaire particulière, cela, a-t-il ajouté, dans l'intention qui a été toujours sienne, d'épargner les deniers publics.

Cette précision a laissé les journalistes parfaitement indifférents, tout occupés qu'ils étaient à illustrer l'aridité de leurs articles du jour par l'aubaine inespérée de longues séances de pose de W.W. à la plage, W.W. trempant un pied dans l'eau fraîche du Wer-Zeg-Riim, W.W. face au vent du large ...

(du « Globe »)

Cela a été la surprise du jour : dans la suite des cérémonies d'attribution de la Croix d'Azur, l'O.M.C.P., notre grand organisme mondial culturel et de protection de la nature, très conscient de l'intérêt que l'on porte actuellement au Wer-Zeg-Riim, a voulu sans doute rattraper à son tour la vogue populaire et vient de décider l'inscription de ce courant, décidément très médiatique, à l'inventaire du Patrimoine Mondial.

(de « Paris-Matin »)

Ainsi « Dwiggy » est devenu un personnage! Et il ne faut pas s'étonner si le « tube » promis à l'été s'intitule « Le courant et moi... », et l'interprétation en a été confiée tout simplement à la resplendissante W.W., qui a révélé en cette occasion un joli brin de voix. Rebaptisée pour les besoins des ondes Wa Wron, elle en susurre d'un ton suave et craquant les couplets délibérément sensuels, chantant d'une façon savamment équivoque les longs frissons que déposent sur sa peau brûlée de soleil les baisers glacés de cet étranger venu du Nord.

(de France-Eco)

Il n'a pas fallu longtemps pour qu'arrivent sur le marché les premiers « gadgets » inspirés par le gentil courant « Dwiggy ».

De petites figurines sont glissées dans les paquets de lessives que repèrent aussitôt les enfants, et l'effigie en est tantôt une otarie hilare au bord d'un lagon, tantôt un petit igloo sur fond de palmier.

Dans le même temps, une variété d'ice cream est commercialisée sous le nom de « Ice Stream » et le dernier jeu de société à la mode consiste à détourner un courant marin vagabond de côte en côte...

Mais, coup de tonnerre dans le monde des affaires, on vient d'apprendre avec stupeur que la marque « Dwiggy » avait été déposée, avec tout ce qui l'entoure... La propriété en revient désormais à la Société « Stream Pictures Inc », créée pour la circonstance et qui en a très régulièrement fait valider tous les droits. Les jugements intervenus à l'occasion des tout premiers litiges le confirment: la notoriété de Dwiggy résulte d'une création effective et à ce titre toute exploitation publicitaire ou commerciale qui en est faite donne lieu à redevance. Faible, certes, chaque fois, mais la multiplicité des opérations engagées autour de Dwiggy représente finalement des intérêts considérables.

Tout de même l'opération humanitaire « Courant froid » au profit des régions déshéritées s'est trouvée libre de tous droits, ce que la « Stream Pictures Inc » s'est empressée de faire savoir en multipliant les pleines pages d'information dans les principaux organes de presse, lesquels auraient bien sûr manqué de délicatesse en les lui facturant.

On dit par contre qu'aux States, la Convention Républicaine aurait sacrifié des sommes importantes pour le privilège d'exploiter cette vogue du courant vedette, dont elle a tiré un logo associant trois ondelettes entre un soleil tout rond et un cristal de glace... Ce qui a permis à son leader John Walley de devenir Dwig J. Walley, et de voir sa cote prendre de ce fait dix points de plus.

(de la revue « Voir et Savoir »)

Rien ne va plus pour le Wer-Zeg-Riim, et pour tout l'appareillage touristique et publicitaire monté autour de lui.

En effet, celui que l'on dénomme dans le milieu scientifique, sans aucun risque de confusion, « le courant froid tropical » s'est retiré discrètement, un soir d'été, du littoral des îles Bou Bou, par une de ces foucades imprévues auxquelles il nous avait habitué ...

...et un matin les naturels des Bou-Bou ont retrouvé l'onde chaude de leurs plages, celle qui, au sens propre, avait baigné leur enfance et qui, à la longue, commençait à leur manquer.

Le Wer-Zeg-Riim s'en est donc allé, dans la nuit, on ne sait vers quels rivages nouveaux.

Dans l'immédiat cela importe peu aux Tour operators dont l'activité vers les Bou-Bou ne se tarira pas de sitôt, toujours inspirée par les mêmes dépliants touristiques que l'on a soigneusement négligé de modifier.

Simplement les touristes sont un peu surpris de ne pas trouver à leur arrivée les eaux froides annoncées leur enserrer les chevilles à leur entrée dans la mer tout comme à Knokke-le-Zoute, mais ceux qui se targuent de savoir leur expliquent, péremptoires, que « cela dépend des saisons », et tout le monde se satisfait pleinement de cette explication.

Après tout, se plonger dans les eaux tièdes des lagons, même si on était venu chercher autre chose, ce n'est quand même pas si désagréable...

(de « Géografica »)

QU'EST DEVENU LE WER-ZEG-RIIM ?

L'aventure du Wer-Zeg-Riim se poursuit donc, sans que l'on sache ce qu'il est devenu. Certains le disent perdu en mer, à l'instar des navigateurs malheureux, d'autres pensent plus prosaïquement que, courant froid, il serpente de ce fait au plus profond des océans, silencieusement, parmi les monstres marins ...

(du « Globe »)

Nouveau coup de théâtre dans la Saga du Wer-Zeg-Riim, on sait, aujourd'hui seulement, que le courant vedette était assuré, pour tous les intérêts qu'il représente sur le Site des Bou-Bou, et qu'avec sa disparition le remboursement de sommes colossales est maintenant en jeu.

Mais ce n'est pas si simple.

Les assureurs y mettent comme conditions les mêmes que pour la disparition d'un quelconque individu: « Retrouvez le corps! » Autrement dit retrouvez le Wer-Zeg-Riim, parti des Iles Bou Bou, et nous paierons.

Alors, pour cela, on a offert des récompenses, et chaque matin les plages voient affluer des riverains, proches ou lointains, thermomètre en main, qu'ils plongent aussitôt dans la mer, en quête du moindre indice...

Mais il se dit maintenant, dans les milieux scientifiques spécialisés, que l'on ne retrouvera pas le Wer-Zeg-Riim...

Exposé du Dr Sandri Laas Lanskar, lors des Sessions extraordinaires du Congrès biennal des « Fondations du Monde », à Londres, ce 20 janvier...

« Il faut assurément venir jusqu'à chez vous, peuples de l'Occident, pour nous émerveiller de votre goût et votre constance à produire, à partir d'événements insignifiants, voire douteux ou inexistants, des monuments auxquels vous donnez une telle importance !

« Car – et j'en arrive au Wer-Zeg-Riim, ce courant

aujourd'hui fameux et dont je prétends, moi, que sa célébrité est de mauvais aloi – il faut se souvenir tout de même que ce n'était pas grand chose avant que la rumeur et la mode ne s'en mêlent, rien qu'un petit filet de mer, qui ne pouvait qu'être glacé, mais ni plus ni moins que les dizaines d'autres qui se glissent tout autant entre les méandres de la banquise du Grand Nord et qui n'ont pas atteint, eux, à une semblable notoriété. Et celui-là n'était même pas mentionné dans l'important Atlas d'Hydrographie de Martin Wanslansteen qui, comme chacun sait, est pourtant très complet.

« Quant au Barrage géant auquel on a attribué son envolée, il ne saurait être question d'aller y voir dans cette zone stratégique et strictement interdite de la Sloatie où assurément on n'aimerait pas cela, et jusqu'à preuve du contraire je persiste à penser qu'il s'agit tout simplement des bancs de récifs du Cap Lotor dont on oublie qu'ils ont toujours formé une ligne continue et d'origine toute naturelle.

« Rien, donc, ne permet de soutenir cette affabulation d'un grand courant maritime propulsé vers le large par la magie de l'homme, rien qu'un souci de satisfaire aux rêveries grandioses de populations cloîtrées à vie dans leurs banlieues déshéritées.

« Et si l'on signale çà et là, sur le Grand Océan, quelques émergences de froidures intempestives, il ne faut y voir que les effets sporadiques et pas très nouveaux d'anticyclones à la dérive ou de masses nuageuses attardées.

« En d'autres temps on aurait parlé sans plus de manières d'un rafraîchissement passager et inhabituel pour la saison. Là, on était aux aguets et prêt, dès lors à transformer chacune de ces péripéties climatiques en autant de phénomènes d'exception.

« Oui, peuples de l'Occident, au nom de votre grande soif de révélations, chaque jour renouvelée, qu'avez-vous fait de ce petit filet d'eau ridicule qui, jusque là, ne demandait rien à personne ? »

(note confidentielle du Dr Zengler à
Sir Charles S. Wenglat-Stroat
président de la World S.T.W. Organisation)

Conformément à votre demande expresse, j'ai pu faire procéder avec toute la discrétion que vous avez souhaitée à une enquête approfondie sur la question posée qui était :

Qu'en est-il exactement du W.Z.R. ?

La réponse est :

Le W.Z.R., né de l'imagination du monde, n'existe pas.

Tous les spécialistes dignes de foi dont nous avons pu de ce fait retenir les déclarations en ont témoigné, tout au moins pour ce qu'ils avaient pu en connaître.

Soulignons toutefois qu'ayant réfuté les points auxquels ils avaient eu accès pour leur part, ils ne doutaient pas que tout le reste fût bon.

C'est ainsi que le mythe du W.Z.R. s'est constitué, puis amplifié et répandu abondamment, répondant en cela aux besoins d'une information toujours avide d'originalité, puis aux intérêts commerciaux que l'on sait.

Les dirigeants sloates qui, mieux que quiconque, auraient pu tout démentir dès l'origine s'en sont bien gardé, et en ont même rajouté, trop heureux de paraître aux yeux du monde comme les initiateurs d'une aussi prestigieuse réalisation !

Je reste, Monsieur, respectueusement dans l'attente de vos conclusions et de vos décisions sur ce qui précède...

(réponse de Sir Charles S. Wenglat-Stroat
à Mr le Dr Zengler)

Les résultats de votre enquête sont très clairs et sans équivoque et il n'est point besoin de rentrer plus avant dans le détail...

Après longue réflexion, considérant les mailles d'intérêts très complexes qui se sont établies, et la plus grande confusion encore qui en résulterait si nous entreprenions de les remettre en cause, j'en conclus qu'il est très préférable de laisser les choses en l'état et de nous garder d'y apporter aucun démenti.

Je vous remercierai donc de nous faire la grâce

d'oublier sans réserve les conclusions, par ailleurs fort instructives, de votre rapport.

Nous en avons décidé : le Wer-Zeg-Riim a bien existé.

Quant à savoir ce qu'il est devenu, ce n'est pas là notre affaire....

ET DIEU CRÉA L'HOMME

C'était bien avant la Création du Monde. Nous étions très peu, alors, à connaître ces moments-là et nous suffisions à l'adoration du Tout Puissant qui, jusque là, ne nous en demandait pas plus.

Ah! Quelle quiétude !... Au début était un espace infini d'un bleu profond de velours dans lequel nous nous sublimions, et nous pensions que c'était cela l'immensité absolue et le grand silence ô combien reposant de l'éternité.

Et puis il y a eu le Big Bang. Ça, c'était quelque chose ! On ne peut pas le décrire, il faut l'avoir vu ! Certes la lumière n'était alors pas telle qu'on la connaît aujourd'hui, simplement différente, mais pour le reste c'était somptueux, grandiose, un gigantesque et splendide feu d'artifice, comme jamais plus on n'en ferait.

* * *

Et après, cela n'a jamais fini.

Il y avait toujours quelque chose de nouveau. Des

astres tout neufs se répandaient par brassées, étincelants et majestueux et, les jours de liesse c'étaient des comètes à chevelure d'argent qui, une fois lancées, revenaient ensuite régulièrement de loin en loin.

Notre Très Haut Père Éternel se plaisait à ordonnancer ainsi ces célestes ballets dont les programmes parfaitement fixés continuaient ensuite à fonctionner éternellement sans qu'il y ait à intervenir.

Somme toute, quand on a les moyens c'est assez simple, et tout aurait pu continuer ainsi jusqu'à la fin des temps, toujours aussi harmonieusement pour la félicité sans partage des quelques rares âmes éthérées que nous étions.

Mais un matin – on me pardonnera de parler de jour ou de matin, alors que rien, à ces moments-là ne permettait d'y faire référence, mais quelle autre expression du temps présent pourrais-je trouver à défaut de celle-là ? – un matin, donc, le Très Haut envoya quérir Jam, son ange factorier.

Celui-ci fut là, à l'instant même et le Seigneur lui confia aussitôt tout à trac :

« Jam, je veux créer un bonhomme !!!... »

et, comme l'autre demeurait coi, il lui précisa :

« Je veux faire un bonhomme à mon image, et il croîtra et il se multipliera ... »

Jam, incrédule, se répéta in petto : « Il veut créer un bonhomme à son image, et il croîtra et il se multipliera ... »

Et il ajouta en lui-même : « Voila encore autre

chose !... » mais il fit bien vite le vide dans son esprit car il savait que le Tout Puissant lisait fort aisément dans les pensées, et l'on a beau dire que sa générosité est infinie la suite a montré qu'il pouvait faire de grosses colères.

Mais pour le moment le Seigneur était tout à son idée, qu'il expliqua à Jam :

« J'en ai assez de ces boules de feu, de ces nébulosités qui jouent la ronde et de ces poussières d'étoiles toutes pareilles. C'est beau mais c'est froid et il n'y a aucune émotion. Il faudrait animer tout ça, c'est pourquoi j'ai pensé y mettre une créature. Je crois qu'un bonhomme fera parfaitement l'affaire. Je le vois très bien, pourvu de toutes les facultés qui lui permettront de vivre et de subsister sans qu'on n'ait plus besoin de s'en occuper.

« Mais il aura aussi à se multiplier, je l'ai dit, de manière à bien garnir de ses semblables le coin de planète où nous aurons choisi de le mettre, et cela aussi il aura à l'assurer lui-même. Et nous n'aurons qu'à contempler ensuite avec intérêt et amusement, du plus haut de nos Cieux comment tout cela fonctionnera. »

Jam trouva l'idée originale, acquiesça poliment et s'apprêtait à prendre congé lorsque le Tout Puissant ajouta :

« Cette fois-ci, je ne veux pas faire ça moi-même, ni pour le créer ni pour l'entretenir dans son existence future. Alors Jam, j'ai pensé à toi, et c'est toi qui t'en chargeras...

« Je te donne pour cela le temps, qui ne t'est pas mesuré, alors tu peux faire des essais, des brouillons,... mais je veux, le moment venu, trouver mon bonhomme avec tout ce qu'il faut autour, et que j'ai déjà dit. »

Le Seigneur avait parlé. Jam se retira avec déférence, comme il se devait. Mais sur le chemin du retour il médita en lui-même et se dit : « Tout cela n'est pas simple! »

* * *

Alors Jam s'était mis à l'ouvrage.

Prudemment il s'était fait tout d'abord la main en s'essayant à des créations dont, en définitive, aucune ne lui avait convenu. Il avait ainsi fabriqué des petits animalcules difformes, ce qui n'était pas bien compliqué, puis de gros poissons des profondeurs, hérissés de protubérances et d'antennes et qui, à l'évidence, n'étaient pas beaux, et aussi d'énormes lézards qu'il avait fallu biffer parce que, manifestement, ils devenaient bien trop encombrants.

Avec le temps et beaucoup de tâtonnements, il était cependant parvenu à réaliser peu à peu des créatures qui lui avaient paru satisfaisantes et qu'il avait fignolées patiemment jusqu'à en obtenir enfin un bonhomme tel qu'en tous points l'avait souhaité le Seigneur Tout Puissant.

Il se félicita de n'avoir pas cherché d'entrée à obtenir ce résultat. Certainement cela aurait été moins bon. D'ailleurs les créatures qui lui avaient servi d'ébauches demeureraient. Elles seraient pour son bonhomme une compagnie en laquelle, peut-être, il pourrait trouver agrément ou usage.

Lorsque tout fut prêt, Jam se présenta devant le Père de toutes choses et lui dit: « Seigneur, en ton nom j'ai fait un homme. Certes, il n'est pas tout à fait à ton image, toi qui es perfection et éternité, mais enfin il fonctionne. Il s'usera et ne durera qu'un moment, ce qui n'est pas une mauvaise chose, mais il se reproduira, comme tu me l'as demandé, pour que la race s'en renouvelle. »

Là, Jam baissa le ton et, comme en confidence, poursuivit : « Mais pour qu'il se reproduise, justement, il y a eu des difficultés ... Tout seul, il n'y arrivait pas, ou bien c'était l'anarchie. Alors j'ai cru bien faire en créant aussi la femme, qui est faite un peu comme lui, mais pas tout à fait, enfin avec des petites particularités qui font toute la différence ... Et maintenant il semble que ça marche ! ... »

Jam tut, toutefois, la peste, et les miasmes qu'il avait parsemés un peu partout pour freiner l'expansion de l'homme, si besoin en était, on ne savait jamais. Ceci mis prudemment en réserve, il n'y avait plus rien à dire.

Alors le Seigneur fut satisfait d'avoir été écouté et obéi, et il dit à Jam : « C'est bien ! »

* * *

Une petite portion d'éternité passa sur l'Univers, et un moment vint où Dieu se souvint de ce microcosme où, quelque part dans l'immensité, Jam avait donné vie à ce que maintenant on appelait l'homme.

Il fit venir son ange factorier et, comme s'agissant d'une question banale, il lui lança, jovial: « Voyons donc un peu comment se porte notre petite merveille ! »

Jam attendait ce jour depuis bien longtemps. Avec une fierté dont il craignait qu'elle ne s'apparentât au pêché d'orgueil, il répondit à son Seigneur: « Notre bonhomme va fort bien, et il s'est multiplié, comme nous le voulions, au point qu'il est parvenu maintenant à bientôt sept fois mille millions de sujets sur sa petite planète, et qu'il commence à ne plus guère y avoir là-bas d'endroit qui n'en soit pas rempli ! »

Le Tout Puissant, qui n'était pourtant pas facile à étonner, siffla longuement d'admiration.

« Il faut croire, s'exclama-t-il, que ton idée de lui adjoindre une femme était fort bonne, en tous cas terriblement efficace ! Et maintenant dis-moi comment se comporte tout ce petit monde ? »

Jam dut admettre que ce n'était pas toujours le Paradis Terrestre escompté. Il y avait des disputes, des guerres, des esclavages, de la misère et de la souffrance, des injustices ... et à dire vrai rien ne laissait espérer que cela finirait un jour.

Le Seigneur, alors, voulut savoir si, pour le moins, ces êtres avaient conscience de ce qui avait été fait pour eux, à commencer par l'acte de création auquel ils devaient d’exister, et s'ils éprouvaient à son égard la dévotion qu'en conséquence on pouvait en attendre.

« Beaucoup, à vrai dire, t’adorent, mais à leur façon, répondit Jam, et pour ne point te connaître ils te vénèrent sous des formes différentes. Certains te voient avec une grande barbe blanche qui descend jusqu’au bas de ton immense trône, d’autres avec six bras qui vont dans tous les sens. Il en est aussi qui t’ont inventé toute une famille dont tu es le grand chef, maniant la foudre comme un javelot et trompant sa déesse de femme chaque fois que passe à ta portée une innocente et malheureuse agnelle. »

« Ah ! s’esclaffa l’Éternel, je crois bien que ce sont eux qui m’ont fait à leur image ! »

Mais Jam poursuivit : « Beaucoup, aussi, ne croient pas en toi. Ils disent que si tout cela existe, c’est le fait du hasard qui, seul, les a créés comme ils sont, eux et tout ce qui les entoure.

« Et puis ceux qui ont choisi de croire en toi, souvent, envoient des soldats et des armées pour obliger ceux qui n’y croient pas à bien vouloir changer d’avis. Mais il faut dire que l’inverse, aussi, se produit tout autant...

« Et le plus désolant, peut-être, c’est que, même parmi les fidèles qui t’adorent, et que l’on croirait unis dans une même croyance, il arrive que ceux qui te veulent grand et blond massacrent sans autre raison ceux qui t’imaginent petit et brun. »

A cette évocation, Dieu soupira et s’exclama :

« Mais ce n’est pas ce que j’ai voulu ? Il doit être bien simple, ton bonhomme, pour se comporter de la sorte ? »

Jam se récria : « Absolument pas ! Je lui ai combiné un centre de décision très complet avec des millions et des millions de petites cellules qui sont des amours de fin fignolage, soigneusement connectées entre elles, et il y en a pour l’intelligence, et il y en a pour la mémoire et là j’en suis très fier, des milliardiades de choses qui viennent s’empiler dans un petit espace de rien du tout ... Crois-moi, j’y ai pris beaucoup de peine. C’est, de très loin, la créature la mieux pourvue de ce point de vue parmi toutes celles qu’il m’a été donné de fabriquer pour parvenir jusqu’à lui ! Et les autres, pourtant, ne se sont jamais entre-déchirées lorsqu’elles n’aimaient pas la même chose, ou pas de la même façon !... Je ne comprends pas, j’ai dû, quelque part, faire quelque chose qu'il ne fallait pas ! »

Le Seigneur, alors, lui dit : « Tu m’intrigues avec ton bonhomme! J’aimerais le voir de près. Voudrais-tu m’en faire porter un exemplaire, pris au hasard, le temps que nous l’examinions un peu ?... »

Jam s’inclina en signe de dévotion et d’obéissance aux ordres de son Divin Maître, et fit immédiatement le nécessaire.

* * *

Charles-Edouard Baschift, en son studio de sa

bonne ville de Bâle, était fort occupé à se faire frire un œuf pour son repas du soir.

Depuis que sa femme l'avait quitté pour suivre un pasteur italien venu évangéliser la région, il devait faire face aux tâches ménagères en sus de ses occupations de la journée à la banque où il assurait les fonctions de fondé de pouvoir.

Ses compétences en matière culinaire étaient très limitées et l'œuf poêlé qu'il était en train de confectionner était l'un des rares plats qu'il puisse réaliser sans trop de mécomptes, aussi revenait-il souvent dans ses menus quotidiens.

Pour le moment il en surveillait attentivement la cuisson, ramenant avec une spatule en bois le blanc albumineux qui, encore fluide, se répandait vers les bords de la poêle.

Il ne fut pas conscient lorsque, tout à coup, son corps fut enlevé et transporté comme en un éclair jusqu'aux profondeurs du plus lointain firmament.

La spatule, que ne retenait plus la main de Charles-Edouard, resta un bref instant suspendue au dessus de la poêle, puis vint choir en plein sur l'œuf, éclaboussant d'infimes crachats de jaune et de blanc le pourtour du fourneau.

* * *

Lorsque Jam lui présenta Charles-Edouard, plongé pour les besoins de l'opération en un bienheureux sommeil, le Père Éternel se borna à dire: « C’est donc cela ton bonhomme !... », puis il attendit des explications.

Jam, un peu empêtré au début, vit là l’occasion de mettre en valeur l’œuvre de ses longues journées de labeur et devint bien vite intarissable.

« Seigneur, commença-t-il, tu as devant toi un modèle tout récent de ce qui se fait actuellement en matière de bonhomme. Il y a là un mécanisme très élaboré, et qui tient entièrement dans l’enveloppe que tu vois qui est tout à la fois élastique et bien résistante, et qui en plus se répare toute seule si elle subit de petits accrocs. Imagine que j’ai tout prévu, des os pour la charpente, d’autres un peu partout pour que tout s’articule dans les sens qu’il faut, et puis des nerfs et des genres de lanières qui se rétractent à volonté pour commander et animer tout cela, et tout est bien huilé et soigneusement gainé pour que ça ne se déglingue pas une fois en mouvement.

Et Jam, tout à son enthousiasme, en rajoutait, exposant à son Divin Maître de plus en plus circonspect, tous les merveilleux petits organes qu'il avait prévus à l'effet de produire et de doser au mieux les énergies vitales qu'une infinité de conduits répartissaient ensuite avec des clapets et des glandulettes comme il le fallait pour qu'en définitive son bonhomme pût fonctionner.

« Et puis, ajouta-t-il, ils pensent ! Oui, ils ont le jugement, mais je leur ai donné la parole aussi, sans quoi le jugement ne sert à rien si on le garde pour soi. Il la pratiquent en modulant des petits bruits variés par quoi ils communiquent de l'un à l'autre, et tout logiquement, je leur ai fabriqué aussi deux charmants pavillons de part et d'autre du visage pour collecter ces jolis sons.

« Et, Seigneur, ce n'est pas tout, j'ai aussi inventé le goût, pour que notre sujet éprouve par lui-même la volonté de s'alimenter et qu'ainsi, il croisse et embellisse comme tu l'as voulu, sans quoi il deviendrait tout sec et l'espèce s'en perdrait. Et même, pour être bien sûr que l'envie lui en vienne, j'ai imaginé qu'il y soit tenté par les bonnes odeurs et appétissantes, et celles-ci lui arrivent en effluves par le moyen du bel appendice que tu lui vois là au milieu du visage, et qui n'a pas d'autre objet.

« Et il y a encore beaucoup d'autres choses aussi, dont je te passe le détail, tiens, par exemple, pour qu'ils puissent voir ce qui se passe autour d'eux, ils ont des yeux qui s'accommodent tout seuls à la distance, et qui s'orientent à chaque instant d'un côté, de l'autre, ou se ferment grâce à un ensemble d'habiles petits organes dont chacune joue sa partie. Et il y en a comme ça pour chacun des deux yeux, un à droite et l'autre à gauche, tous les deux pareils, des merveilles de petites pièces optiques et qui transmettent à tout moment ce qu'ils ont vu, avec les couleurs et le reste, par le conduit d'un petit fil étroit... »

Alors Dieu s'exclama : « J'entends bien ?...Deux yeux, un à droite et un à gauche, et qui fonctionnent comme tu dis, et tous les deux pareils et tous les deux en même temps,... Et dis-moi, comment imaginent-ils que tout cela leur est venu, tes bonshommes, puisque maintenant ils ont le jugement ? Ôte-moi d'un doute, ils ne disent tout de même pas, ces innocents, que tout cela s'est fait tout seul ?»

Jam confirma, sans trop approfondir : « Ils le disent !... », puis, tout à son idée :

« J'ai pensé aussi au confort et à l'agrément. Pour cela, notre bonhomme a sous les pieds des petits coussinets qui amortissent les secousses quand il court, et je suis certain qu'il se soucie de t'en rendre grâce à chacun de ses déplacements qu'il effectue ainsi sans gêne ni douleur… »

Jam s'animait tout seul, vantant sa création, comme s'il voulait faire partager son enthousiasme à son Divin Maître. Celui-ci commençait toutefois à en être un peu agacé, d'ailleurs maintenant il en savait assez. Il l'interrompit donc en disant:

« Toi, mon ange factorier, tu as réalisé un très bel ouvrage mais qui est aussi terriblement compliqué. Tu y as beaucoup de mérite, mais ce n'était pas tellement ce que je cherchais... Au lieu de cette machinerie compliquée où je pressens que si l'une, une seule, de tes glandinettes vient à manquer, tout s'arrête ou tout pareil, j'aurais bien aimé des petites créatures sans histoires, qui auraient voleté légèrement dans l'azur et vécu tout simplement de l'air du temps sans se poser trop de questions. Au lieu de cela, nous avons là cette multitude turbulente qui ne me satisfait pas, et je crois distinguer d'ici même qu'ils commencent à produire maintenant des mécaniques qui ne sont pas propres, qui se déglingueront pour un rien et qui abîment le beau milieu que nous leur avons donné ! Renvoie ton bonhomme sur sa Terre, nous allons réfléchir à tout cela ! »

* * *

Charles-Edouard se retrouva devant sa poêle à frire, contemplant avec stupeur la spatule engluée dans l'œuf qui commençait à se calciner. Il eut le sentiment d'avoir eu un instant d'étourdissement mais n'en sut jamais ni la nature ni la cause.

* * *

Demeuré face à Jam, le Tout Puissant lui demanda alors :

« Toi qui sais la mécanique des astres que j'ai créés et qui connais leur devenir, dis-moi ce qu'il adviendra de cette planète ridicule et de ses habitants. »

L'ange factorier lui répondit tout aussitôt :

« Il est prévu, Seigneur, qu'ils vivent encore cinq fois mille millions d'années, après quoi la belle étoile qui les éclaire grossira et les engloutira dans un océan de feu. A moins que d'ici-là ils ne causent leur propre fin, au rythme où ils mènent leurs affaires... »

« Oui, répartit le Père Éternel, et je pense que

même cinq mille millions d'années c'est encore trop long et ce qui se passe là-bas ne me plaît pas. Jam ! Il faut faire quelque chose ! »

Et, sans attendre plus, comme chaque fois qu'Il avait décidé quelque chose, Il le fit.

* * *

Le Dieu Créateur, on le sait, est maître absolu de l'Espace qu'il courbe et dédouble à son gré, et aussi du Temps, qu'il étire dans le sens qu'il veut, au point que celui-ci n'est parfois pas le même pour les uns ou les autres, les savants de la Terre commencent aujourd'hui à en avoir quelques lueurs...

L'idée lui vint précisément qu'il lui suffisait de rebrousser ce temps, tout spécialement pour ce petit monde qui l'indisposait, jusqu'à le ramener à ses origines premières.

On n'aurait pas à effacer ce qui était. Simplement en retournant ainsi le temps comme une peau de lapin, tout deviendrait comme si, pour ces périodes rétrogradées, rien, jamais, n'avait existé....

Sitôt dit, sitôt fait, devant Jam, témoin contemplatif de l'événement.

On vit, au passage, les grandes invasions se résorber, Rome se dissoudre et les premiers hommes refluer dans leurs grottes pour en disparaître le moment d'après et, pour finir, des meutes de monstres et de créatures approximatives laisser place, enfin, aux larves informes des premiers temps qui disparurent à leur tour...

* * *

Lorsque tout s'arrêta, la petite planète minuscule, enveloppée de fumerolles, était dès lors perdue parmi une multitude d'autres tout aussi anonymes, au fin fond de l'espace immense.

Le grand spectacle de l'univers reprenait dès lors intégralement et sans réserve sa scène, obéissant désormais sans anicroches intempestives aux lois immuables qui régentaient la matière et les astres.

Jam avait vu ainsi anéantir toute l'œuvre dont, un instant avant, il était si fier. Il ne protesta pas, ne voulant prendre le risque d'être rétrogradé en ange déchu où il lui pousserait des pieds fourchus et des ailes de chauve-souris, mais il n'en pensa pas moins.

Discrètement il se retira mais, parvenu à l'abri d'un gros nuage cosmique tout noir, comme le ciel en est parsemé, il ne put s'empêcher de maugréer, mezza voce : « La prochaine fois qu'Il voudra un bonhomme, Il n'aura qu'à le faire Lui-même !... »

MODESTE CONTRIBUTION À UNE APOLOGIE DE L'APPARENCE ET DE L'IMAGINAIRE

Nous étions en Cracatovie, souviens-toi. C'était l'été dernier, autant dire hier...

Pourtant l'hiver qui a passé depuis ne nous laisse plus maintenant que des souvenirs incertains, tant nous nous sommes mis à douter des choses singulières dont nous avons alors été les témoins.

C'est seulement en couchant aujourd'hui sur le papier, pour notre livre de voyages, les témoignages extraits point par point de notre mémoire, que nous reconstituons enfin la réalité de ce qu'effectivement là-bas nous avons vu et nous avons vécu.

* * *

Nous étions donc en Cracatovie, ce pays qui avait été celui de ma prime jeunesse et que j'ai souvent souhaité que ma jeune femme puisse connaître un jour.

L'occasion venait de m'en être donnée, inespérée.

Chroniqueur régulier d'une importante Agence de presse, celle-ci venait en effet de me confier une enquête sur le sujet, très général, des « pays réputés difficiles ».

La Cracatovie, sans l'ombre d'un doute, était l'un de ceux-là. Très refermé sur lui-même depuis déjà fort longtemps et refusant assez systématiquement tout contact avec l'extérieur, j'en augurais mal des possibilités d'y être admis.

Or à ma grande surprise mon visa me fut immédiatement accordé, et je passai la frontière sans le moindre problème, accompagné de ma femme toute émoustillée de l'aventure. J'attribuai cette faveur à l'intercession très probable de mon cousin Prollz, demeuré au pays, où je savais qu'il exerçait de hautes fonctions dans l'administration cracatovienne.

Mis au courant de ma venue, il nous avait transmis une invitation à loger chez lui, ce qui, outre l'agrément de nous retrouver en famille, nous mettait mieux à même de participer de façon authentique à la vie du pays.

J'acceptai donc avec enthousiasme et lui exprimai combien nous lui en étions obligés.

Le soir même, installés en sa compagnie devant un petit écran de belle qualité qui tranchait avec le décor austère et somme toute modeste de l'appartement, nous fûmes, ma femme et moi, stupéfaits par ce que l'on nous y présenta tout au long de la soirée. Peu ou pas de films, ni d'œuvres dites de fiction, mais une réalité intégralement réinventée, semblait-il, pour satisfaire essentiellement l'amour-propre des Cracatoviens.

Nous éprouvions le sentiment de nous trouver subitement dans un monde surréaliste. Partout on y glorifiait à grands titres des exploits dont nous savions parfaitement qu'ils n'avaient jamais été accomplis, et surtout pas en Cracatovie ! Il y en avait de toutes natures, exprimés dans un grand concert de superlatifs que je trouvais parfaitement abusifs ! A l'inverse, les autres pays – dont le mien – étaient systématiquement cités avec une condescendance désinvolte qui m'irrita au plus haut point.

J'éclatai malgré moi, m'adressant à mon cousin Prollz qui demeurait placide :

« Mais, dis-je, ces informations constituent une somme invraisemblable d'impostures ! On vous raconte des histoires proprement incroyables ! Nous venons à l'instant même de voir votre grand navigateur franchir en vainqueur la ligne d'arrivée de la récente Transatlantique, alors que nous savons très bien qu'avec son rafiot douteux il s'est perdu dès le départ dans les brumes Nordiques... Et tout ce que nous voyons depuis tout à l'heure est à l'avenant !

« Comment peut-on oser tromper son monde de semblable façon ? »

J'étais hors de moi et craignais, ce faisant, d'être à la limite de la courtoisie à l'égard de mon cousin Prollz, mais sa réponse, inattendue, me surprit tout autant que ce que nous venions de voir.

« Nous le savons parfaitement, dit-il, mais nous jugeons tous, oui, tous, que c'est très bien ainsi. »

Et il nous expliqua : « La Cracatovie est un petit pays, pauvre, sans relief particulier ni ressources exceptionnelles qui puissent la mettre à l'égal des grandes nations dont on relate, de par le monde, les hauts faits et les prouesses. Nous envions leurs peuples qui s'en glorifient sans mesure et oublient qu'ils ne doivent en fait toute cette renommée qu'à quelques rares hommes d'exception: athlètes fameux, grands cerveaux ou hommes d'état au destin prestigieux. De surcroît, nos montagnes sont ridicules et nous ne disposons, vers la mer, que d'un accès étroit et lugubre au fond d'une anse désolée.

« Alors vous comprendrez maintenant que, privés des douceurs de la gloire et des bienfaits de la nature, nous éprouvions, plus que tout autre pays, le besoin de rêver.

« Et pour répondre à cela nous avons créé l'IMAGINAIRE, puis nous l'avons soigneusement exploité, jusqu'à ses plus extrêmes conséquences.

« Il faut dire que la toute jeune Télévision, dont nous avons beaucoup favorisé l'extension dans notre pays au prix, il est vrai, d'importants sacrifices, nous y a particulièrement aidés. Rien ne vaut la magie des images qui bougent et qui changent sans arrêt pour éviter de trop réfléchir...

« Pour en revenir à votre Transat, par exemple, nous aurions tout aussi bien pu la faire gagner par un personnage qui n'aurait même pas existé, et que nous aurions créé idéalement dans nos studios. Il n'en aurait été que plus attachant. et je peux vous assurer qu'à son retour il aurait été accueilli tout aussi triomphalement, c'est du moins ce que vous auriez pu voir sur nos écrans de télé. »

Nous étions sans voix.

Le cousin en rajouta, souriant :

« Je ne vous cacherai pas qu'aux derniers Jeux nous nous sommes également attribué des médailles fort avantageuses, cela faisait bien longtemps qu'on en attendait !

« Mais nous allons maintenant plus loin encore. Puisque le sport est aujourd'hui l'opium du peuple, et qu'à chaque résultat il y a des heureux et des malheureux, nous recomposons les matchs à volonté en leur donnant des fins différentes. Ainsi chacun choisit sa chaîne selon la conclusion qu'il souhaite, la technique le permet et tout le monde est content. »

« – Mais, dis-je alors, le match, malgré tout, se joue bien, et il y a des spectateurs...

« – Oui, répondit le cousin Prollz, et ils peuvent en connaître ainsi, en y assistant, un troisième résultat, qui risque de ne pas les contenter ! C'est à eux de choisir. L'expérience montre d'ailleurs qu'après deux ou trois essais qui leur occasionnent trop souvent des déceptions, ils en reviennent généralement à la retransmission de leur choix, qu'ils savourent chez eux en toute quiétude et sans angoisse superflue. Au point que l'on se demande si demain les stades existeront toujours, nous pouvons désormais très bien nous en passer. »

Ce déballage pseudo-sportif m'agaçait.

Il n'y avait pas que le sport dans la vie d'un pays, je le soulignai au cousin Prollz. Sans hésitation il me répondit:

« Mais nous ne nous limitons nullement à cela. C'est ainsi, par exemple, que nous nous sommes donné des héros nationaux, dont nous manquions cruellement jusqu'ici! Nos livres d'histoire en sont pleins maintenant, et croyez-moi, ils ont toutes les qualités, et pas de passé douteux qui traîne puisqu'ils n'ont jamais existé... Au point que nous en avions deux ou trois, des vrais, authentiques,... nous les avons éliminés et l'on n'en parle plus. Ils nous gênaient, ils étaient trop pâles à côté des autres, et ils n'étaient pas toujours irréprochables, eux.

« Et puis, à l'inverse, nous avons fabriqué nos traîtres, nos vilains personnages. Nous avons su très vite qu'il n'était pas utile pour cela d'en avoir des vrais, qui auraient pu retourner l'opinion dans le sens qu'il ne fallait pas. Aussi nous en avons entièrement imaginé, des ignobles et des méprisables, exactement comme il nous les fallait. Nous les livrons à la vindicte publique et à l'inéluctable déchéance avec d'autant plus de sérénité que, n'ayant pas d'existence réelle, ils n'en souffrent absolument pas »

« Bon, dis-je alors, vous maîtrisez parfaitement,

j'en suis conscient, votre monde imaginaire, mais la vie de tous les jours ne vous ramène-t-elle pas, elle, à la réalité ? »

« Certes, répondit mon cousin, et nous avons d'autant plus de mal à l'accepter ! Mais nous en serons, par cela même, encore plus enclins à nous replonger dans nos rêves fabriqués.

« Et par ailleurs nous sommes tellement imprégnés de cette éthique de l'illusion que beaucoup de nos concitoyens s'efforcent, à même leur domicile, de se recomposer à leur façon un bonheur idéal.

« Chez moi vous ne distinguerez pas très bien, mais je vais vous amener, si vous le permettez, chez un de mes amis qui, lui, est assez avancé dans ce domaine. »

* * *

Il faisait gris, il faisait froid, lorsque nous parvînmes à la maison de l'ami du cousin Prollz. Il vint nous ouvrir, et immédiatement nous fûmes baignés d'une lueur estivale et torride dont nous ne nous expliquâmes pas immédiatement la nature. Le cousin Prollz nous y aida en exposant lui-même, devant son ami qui en paraissait très amusé :

« Vous avez devant vous Pietr Olso qui est peintre à ses heures, fonctionnaire modeste et discret à d'autres, et parvient aisément dans le temps qui lui en reste à s'organiser une vie douillette dans la stricte observance de l'imaginaire dont il est un adepte convaincu.

« Lorsque nous nous sommes présentés chez lui il était, n'en doutons pas, moelleusement étendu dans le hamac que voilà, sous le soleil des tropiques que reconstitue assez bien le spot d'or et d'argent que vous voyez là-haut.

« Les palmiers bruissants qui vous intriguent, Madame, sont de plastique de bonne qualité, et ondoient au souffle d'un zéphyr que dispense une ventilation discrète.

« Au fond est un diaporama céleste d'un bleu permanent des mers du Sud avec, à peine visible dans le lointain, un pic volcanique auréolé de brume de chaleur.

« Cela peut se transformer à volonté en paysage méditerranéen, il suffit à notre ami d'y glisser un nouveau décor, puis de vaporiser des senteurs de thym, et de confier à son lecteur de cassettes un enregistrement sans fin du chant des cigales qu'il a effectué jadis au pays de Provence.

« Quelques fleurs artificielles agrémentent le tout. On les change à volonté et l'on y suspend des fleurs aux endroits que l'on veut sans crainte qu'elles ne se fanent, et si l'on arrose toutes ces belles plantes c'est simplement pour éliminer la poussière qui s'y dépose à la longue.

« Mais lorsque, avec la belle saison, la canicule est telle qu'il devient absurde de vouloir la recréer, alors tout cela disparaît pour être remisé dans une cabanette et notre ami Olso se compose une retraite d'hiver. La cheminée y trouve sa place avec de belles flammes de papier rose qu'anime le souffle léger d'un ventilateur réglé au plus bas, et Olso goûte pleinement la douce chaleur qui ne doit rien à personne, puisque c'est tout simplement, mais on l'oublie alors, celle de l'été ambiant.

« Alors, isolé ainsi des contingences dérangeantes du monde extérieur, rassuré par les images que lui en donne le petit écran et qui lui conviennent parce qu'elles sont faites pour cela, que peut-il souhaiter de mieux ?...

« Nous sommes une nation pauvre, et Olso est un privilégié. Mais soyez assurés que si nous en avions les moyens, de semblables applications de l'imaginaire se seraient largement étendues, par goût de la chose, à toutes nos populations. »

Le soir venait. Olso baissa discrètement son éclairage, ce qui donna graduellement à son décor des teintes rosées de couchant. Les chants des cigales, que diffusaient pour nous les baffles soigneusement dissimulés dans la verdure, faisaient place maintenant peu à peu aux cris familiers des petits animaux de la nuit d'été.

* * *

Pour la dernière journée de notre séjour, le cousin Prollz nous avait préparé une belle surprise.

Il nous révéla qu'il était attaché directement au « Ministère de la Culture et des Informations,

Transmissions et Statistiques ». Il justifiait, en passant, un tel faisceau d'attributions par le fait que, dans la philosophie de son pays, on ne pouvait bien en exercer une seule sans que l'on disposât pleinement de la maîtrise des autres. Ce qui, à la réflexion, pouvait fort bien se concevoir, une fois admis la chose.

Dans l'intention de nous être agréable il nous avait donc ménagé une entrevue avec son grand patron, le Ministre lui-même, nous donnant ainsi l'occasion d'aperçus complémentaires au niveau de la haute direction de son pays.

C'était pour moi inespéré. J'en remerciai vivement mon cousin qui, le jour venu, nous invita à le suivre, ma femme et moi, dans le bureau où le Ministre voulait bien nous recevoir.

Après les courtoisies d'usage, je m'ouvris sans plus tarder au Ministre de notre étonnement de ce que nous avions vu et entendu depuis notre arrivée dans son pays, et de la façon toute particulière dont, notamment on y jonglait avec les règles les plus sacrées de l'information et de la vérité.

Il n'en disconvint pas, mais commenta :

« Vous êtes surpris par ce qui, pour nous, est devenu habituel. Mais nos gens y sont bien accoutumés et, aujourd'hui, n'en demandent pas plus.

« Car ce que nous leur servons c'est essentiellement et bien scrupuleusement la vérité qu'ils aiment, celle qu'ils souhaitent. Il importe en effet, pour leur bonheur, qu'ils y trouvent, sans failles ni ratés, à satisfaire pleinement toutes leurs aspirations, dont nous savons très bien qu'elles sont faites, pour l'essentiel, d'orgueil partisan, de passion, d'enthousiasme et de bonne conscience, mais plus encore du besoin d'aimer et de détester.

« Or nous savons aussi combien leur pensée, sur ce dernier point, est errante et versatile, ce qui fait terriblement désordre. Il nous a donc paru préférable de la redéfinir nous-mêmes afin de bien fixer, une fois pour toutes, ce qui est admirable et ce qui est haïssable, et en cela je crois que nous avons parfaitement réussi.

« Ainsi tout le monde, aujourd'hui, aime ou déteste de la même façon... ou tout au moins tout le monde le pense, puisque nous le disons, ce qui revient au même ! »

Ma femme avait été élevée dans des principes stricts d'honnêteté et de droiture. Et là, elle ne se contenait plus, la bouche ouverte d'indignation et ne trouvant plus ses mots.

Ce fut moi qui lançai au Ministre : « Mais enfin, vous travestissez la vérité ! Et un jour, celle-ci éclatera en pleine lumière, et l'Histoire, alors, vous jugera... »

Le cousin Prollz, assis de profil, nullement inquiet de mon intervention, semblait s'en amuser, sachant d'avance la réponse qu'allait y faire son Ministre, et qui vint en effet :

« Et où croyez-vous, s'exclama-t-il, que vos futurs historiens iront chercher leurs sources ? Dans un fatras de témoignages disparates, douteux, indéchiffrables et terriblement ardus à exhumer, ou bien en déroulant tout simplement sans effort la masse d'images évidentes et tellement parlantes que nous leur laisserons ?

« Croyez-moi, nos affirmations bien mitonnées de maintenant, celles-là même qui vous offusquent, seront assurément les vérités de demain comme elles sont celles d'aujourd'hui. »

Je ne m'avouai pas battu :

« Et si, de retour dans mon pays, j'écris ce que vous venez de me dire, et que corrobore d'ailleurs fort bien tout ce que j'ai vu ici ?...

« – Nous l'ignorerons superbement, répondit le Ministre. Ce qui est hors de nos frontières n'existe pas, et pour nous c'est effectivement tout à fait comme si cela n'existait pas.

« Pourquoi, d'ailleurs irions-nous donner de l'ampleur et de l'audience à des événements qui, sans cela, s'évanouiront et s'éteindront d'eux-mêmes ?

« Il est vrai, concéda-t-il alors, que nous en sommes arrivés, ici, en Cracatovie, à vivre dans une illusion permanente, et que nous savons fort bien en oublier ainsi l'ingrate et dure réalité de la vie...

« Et, dites-moi, où est la différence avec vos séries télévisées, dont vos concitoyens suivent avec angoisse et délectation les interminables péripéties, sachant pourtant très bien qu'il n'y a là que pure fiction ?

« Chez nous, comme chez vous, où est le réel, où

est l'imaginaire ?

« Et lorsque le présent, le vrai, est devenu le passé, qu'en reste-t-il alors qui en attestera la réalité du moment ?

« Rien de concret, rien qui s'inscrive véritablement dans le roc. Plus rien que de la fumée et du songe.

« On m'a dit que dans vos grands marchés on vend maintenant des imitations de homards et de crabes royaux fabriquées avec des restes de poissons dont personne ne veut. On les appelle, je crois, des zatimis. Vous savez qu'ils sont faux et pourtant vous vous régalez, en toute mauvaise foi, à l'idée de déguster ainsi du homard ou du crabe. On recommande même, nous a-t-on dit, de les savourer dans l'obscurité pour que l'illusion n'en soit pas gâchée.

« Eh bien, nous aussi, avec les tranches ingrates et déplaisantes de notre vie, nous nous fabriquons des zatimis. »

Le Ministre se taisait. J'en conclus que l'entretien était terminé. Il ne me restait qu'à le remercier de nous avoir consacré une tranche de son temps, mais là, il rit et s'exclama :

« Mais du temps, nous, les ministres, nous en avons !

« Car chez nous, sachez-le, nous avons décidé une fois pour toutes de les décharger de leur labeur traditionnel et, nous les réservons pour les multiples formes de représentation en public, auxquelles nous les préparons et où ils excellent.

« Ils sont essentiellement des images: ils doivent plaire et répondre exactement à ce qu'en attend le public. Des spécialistes s'en chargent et leur fabriquent sur mesure une carrière, bien mieux que la vraie qui n'a aucun intérêt. Ils leur définissent des petites manies bien populaires, et leur disent très exactement quoi dire en toute occasion.

« On a soin dans le même temps de leur façonner aussi une apparence, c'est en définitive plus important que tout ce qu'ils pourront penser ou qu'ils pourront dire... Et nous avons pour cela des recettes éprouvées.

« Tiens, en ce moment, la grande mode, en politique, c'est la fossette. Entendez la fossette au creux du menton, à l'instar de ce fameux acteur américain des années 30. Nous venons de la découvrir.

« Elle exprime, si l'on apprend à en jouer et sans qu'il soit besoin d'en prouver plus, la compétence désinvolte, l'ironie, la moue dubitative ou le scepticisme profond.

« Alors un de nos chirurgiens habiles taille aujourd'hui des fossettes à qui veut entrer en politique, et tous ceux qui en sont pourvus narguent ceux qui n'en ont pas, et ils raflent tous les bons fauteuils.

« Bien sûr, pour recevoir une fossette, il faut la mériter. Vous comprenez, elle permet à elle seule tant de choses ..., alors nous devons être très vigilants. »

Et le Ministre sourit, sûr de lui.

Il avait la fossette.

Nous savions maintenant d'où lui venait cette assurance narquoise qui nous avait passablement impressionnés, et lui avait peut-être aussi valu tout simplement sa fonction.

« Mais, objecta alors mon épouse, que faites-vous dans tout cela de la personne humaine, de son identité, de son âme, enfin ? »

Notre interlocuteur, amusé, rétorqua sans hésitation :

« Sachez, jolie madame, que dans notre monde ainsi refaçonné, l'individu lui-même n'existe pas. Au point que l'an dernier, lorsque l'un de nos ministres est décédé, nous avons tout aussitôt donné le rôle à un autre, sans même changer son nom. Le public savait parfaitement que ce n'était plus lui, pourtant il l'a bien accepté, tout comme au cinématographe il admet de voir vingt acteurs différents tenir au fil du temps le rôle de Tarzan...

« Et moi, conclut-il, goguenard, qu'est-ce qui vous dit que je suis bien moi ?... »

* * *

Le soir même de notre retour, je constatai avec surprise que ma femme commençait peu à peu à s'imprégner de la philosophie de ce pays que je continuais pour ma part à juger faux et fallacieux.

Elle ne rejetait plus tout en bloc, comme auparavant, et je l'entendis me confier, comme si elle se parlait à elle-même : « Tout de même, il me semble qu'il doit y avoir de bonnes choses dans tout ça, pour le bonheur des hommes... »

Ce fut alors que je décidai de ne pas écrire mon article sur la Cracatovie.

Il m'était apparu en effet, à de petits détails insignifiants auxquels je n'avais alors pas prêté grande attention, que nous avions peut-être déjà quelque chose à redouter chez nous, et qui pouvait ressembler à ce que nous venions de voir en Cracatovie.

Peut-être.

Ou peut-être pas...

Ici, quoiqu'il en fût, nous étions chez nous, terre de vérité, et point faite à de tels mirages....

Là-bas ils étaient chez eux, ils y faisaient ce qu'ils voulaient.

C'était en Cracatovie.

Table des matières

29727682R00113

Printed in Poland
by Amazon Fulfillment
Poland Sp. z o.o., Wrocław